小川靖彦編

詩の読み方——小川和佑近現代詩史　目次

Ⅱ 詩神の魅惑——詩の森へ

近現代詩を読むための覚書

ある年齢のある時期には、詩を書くことは誰にとっても容易です。しかし、鑑賞し、理論づけるとなると、容易ではありません。多くの詩の解説書を読んだということが、必ずしも詩の理解を深めないところに詩の鑑賞の難しさがあります。

同じ詩であっても、明治・大正の近代詩、新体詩には一応適切な解説書もあり、文語文の文法的な解説を加えれば、鑑賞らしい形を整えることができます。

しかし、萩原朔太郎（はぎわらさくたろう）以後の現代詩は、こうした鑑賞の方法では扱うことができません。その理由は、新体詩に比較して現代詩がはるかに複雑で高度な技術の上に作られているからです。少なくとも現代の古典となった昭和の詩は、先に述べたある年齢の時期に誰しも書くことのできる詩とは本質も異なり、高度な表現技術と専門的教養を基礎に作られていることを意識しないと、批評も鑑賞も成り立たないところがあります。

特に立原道造（たちはらみちぞう）の詩などは、その表現がごく柔軟で平易であるだけに、ことばの抵抗感がほとんどなく、またそのためにかえって鑑賞が容易ではありません。

そして、昭和の現代詩を語るには、どのような場合にも、ヨーロッパ的文学意識が重要となります。伝統的文学精神だけでは、昭和の現代詩は捉えきれないのです。


（「国語教材としての現代詩」〈『評論集　詩人の魂』昭三五 1960〉より）

Ⅰ　詩の創る世界

——ことばに生きた詩人たち

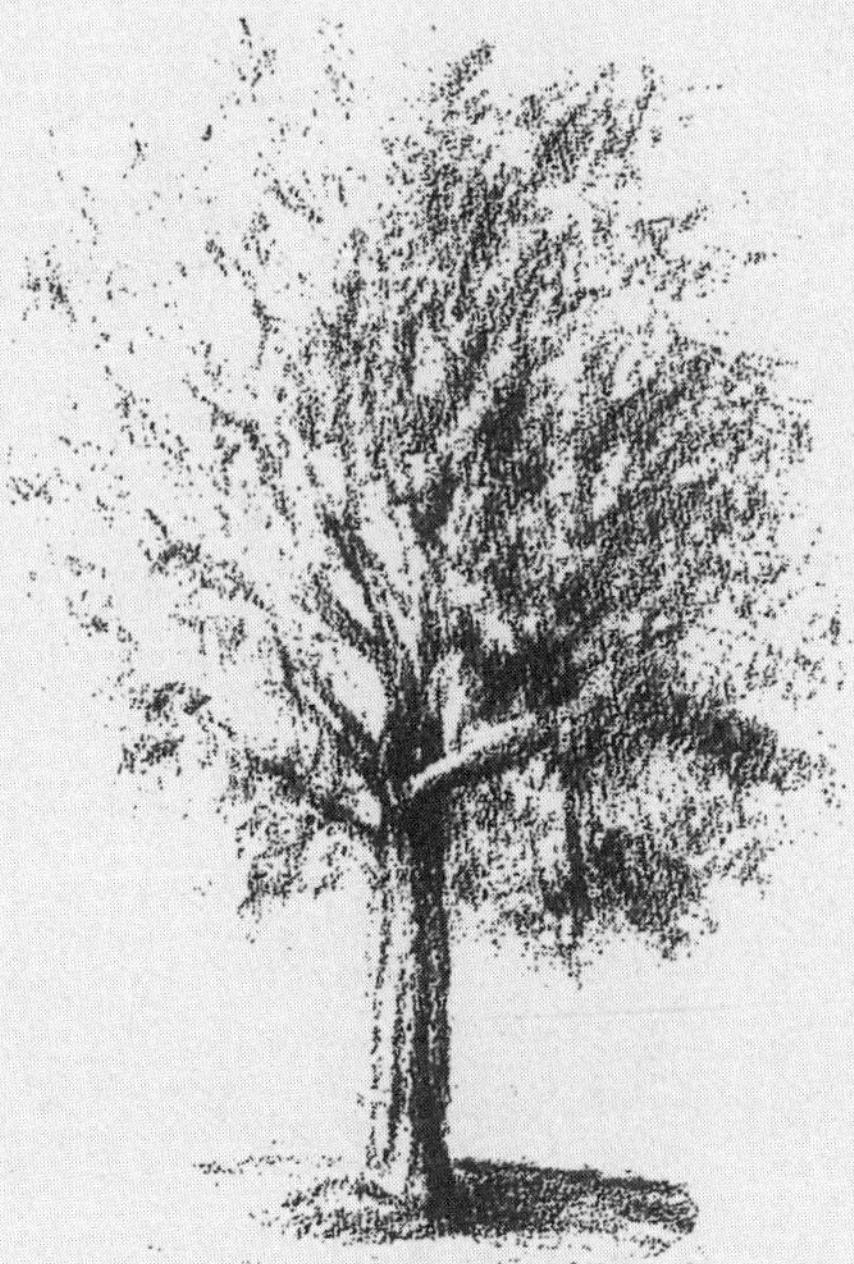

1 萩原朔太郎 (1886–1942)

天景

しづかにきしれ四輪馬車、
ほのかに海はあかるみて、
麦は遠きにながれたり、
しづかにきしれ四輪馬車。
光る魚鳥の天景を、
また窓青き建築を、
しづかにきしれ四輪馬車。

(『月に吠える』大六 1917・二)

†薄明の中の幻の馬車

この「しづかにきしれ四輪馬車」という畳句が七行の詩の中に三度も繰り返される七五調の抒情小曲はなんとも不思議な魅力のある詩である。この詩は萩原朔太郎の第一詩集『月に吠える』出現以前の詩のように、伝統的な韻文の持っている、あの自然の秩序に対する素朴な抒情性や、自我の覚醒が発見した哀切な愛の苦悩も歌われていない。

読者はまず詩を読みはじめた第一行で、黒い四輪馬車を思い浮かべる。そして、その馬車がゆっくりと車輪をきしらせて、過ぎていく。

次の詩句「ほのかに海はあかるみて」を読むことで、この馬車が薄明の広い空間を背景に黒いシルエットとなって浮かびあがる仕掛けになっている。静かにきしりゆく四輪馬車だという以外に、その馬車にどんな人物が乗っているのか、その馬車がいったいどんな形なのか一切説明されていない。読者はめいめいその記憶の中にある、絵画あるいは映画で見た馬車を思い浮かべるしかない。とにかく黒い影のような馬車は薄明の広い空間に浮かび上がり、馬車はやがて麦畑の中を通る。

「麦は遠きにながれたり」という詩句も考えて見れば不思議な詩句である。言葉どおりにとれば、たくさんの麦の粒が川のように遠いところに流れていた、ということになる。現実では考えられない妄想である。しかし、この詩句はそうではない。麦畑の中を馬車が行く、その遠景に黄金色の麦の穂がどこまでも波うちうねり、光に輝いて、それは流れ去る川のように見えるという意味である。薄明から馬車は一転して、外光の溢れる明るい空間に出る。それと比例して、二度目の「しづかにきしれ四輪馬車」の畳句は、いっそう馬車のシルエットを濃く感じさせずにはおかない。

そういう明暗のトーンを作り、詩は一転して読者の意表をつく「光る魚鳥の天景を」と歌われる。空に鳥が光りながら飛ぶということはわかる。しかし、魚や鳥が光りながら飛ぶというのは新しいイメージの発見である。そして、その光る魚や光る鳥の飛ぶ空を黒い四輪馬車がゆっくりときしって行く。そしてまた、馬車は青い窓々をちりばめた高い建築の間を通っていくという。馬車はいつの間にか地上でなく、空中に浮かんでいる。それは自然主義に影響された作家や詩人たちが思いもつかなかった新しい美の世界を読者の前に展開させたのであった。

エレナと呼んだある女性との短く苦しかった恋が「愛憐詩篇」を書かせ、やがて「浄罪詩篇」によって、その苦悩を脱却しようとして、ついに脱却できなかった朔太郎は、その悔恨と倦怠の薄明の中で幻の馬車を歌ってみせた。この「天景」に古いオルゴールを聴くような、そんな言葉の響きあいと、幻覚を見るような一種の精神的空白の時間を味わうことができる。

朔太郎はこういう新しい詩の美しさを西洋の詩の模倣――訳詩による口移しといった方がわかりやすいかもしれない――でなしに、自分の発見した言葉で築いて見せたのであった。

†詩独自の時間と空間の創造

『月に吠える』の詩ではあの、

光る地面に竹が生え、
青竹が生え、

にはじまる「竹」や、「悲しい月夜」「春夜」「猫」「青樹の梢をあふぎて」がよく知られている。しかし、この近代の憂愁を異常と思える鋭い感覚と暗鬱の思想で表現した詩人の第一詩集の中にもこんな抒情詩がある。

山に登る

旅よりある女に贈る

山の頂上にきれいな草むらがある、
その上でわたしたちは寝ころんで居た。
眼をあげてとほい麓(ふもと)の方を眺(なが)めると、
いちめんにひろびろとした海の景色のやうにおもはれた。
空には風がながれてゐる、
おれは小石をひろつて口(くち)にあてながら、
どこといふあてもなしに、
ぼうぼうとした山の頂上をあるいてゐた、

おれはいまでも、お前のことを思つてゐるのである。

この「山に登る」も小説で作れない時間と空間を創出している抒情詩である。山の頂(いただ)きの草むらに寝ころんで麓(ふもと)の方をながめていたわたしたち（恋人同士）の情景は遠い過去の情景である。そして、「ぼうぼうとした山の頂上を」わたしひとりで歩いていたのは近い過去の記憶である。そういう過去の二重像を通して、現在のわたしは「いまでも、お前」のことを愛している、という詩なのである。最後の一行を読んで、この詩の思いの深さが、二重の過去をもう一度、瞬間に浮かびあがらせる。それは全く朔太郎(さくたろう)において展開された新しき感情だったのである。

『月に吠える』は言葉そのもの――難しくいえば純粋言語としての力による感情の状態の再現によって、日本の近代詩に、真の意味での〈近代詩〉を確立させた。朔太郎の『月に吠える』によって、日本の詩はこれ以後、一転したのであった。『月に吠える』は朔太郎個人の人生の出発であるばかりでなく、日本の文学の中の記念すべき金字塔であったのである。

(『堀辰雄』昭四九 1974)

2 三好達治 (1900–1964)

甃(いし)のうへ

あはれ花(はな)びらながれ
をみなごに花(はな)びらながれ
をみなごしめやかに語(かた)らひあゆみ
うららかの跫音空(あしおとそら)にながれ
をりふしに瞳(ひとみ)をあげて
翳(かげ)りなきみ寺(てら)の春(はる)をすぎゆくなり
み寺(てら)の甍(いらか)みどりにうるほひ
廂(ひさし)*々に

風鐸（ふうたく）**のすがたしづかなれば
ひとりなる
わが身（み）の影（かげ）をあゆまする甃（いし）のうへ

（大一五 1926・七「青空」第十七号初出。『測量船』昭五 1930・一二）

＊「廂々」は初出では「廂廂」。再版南北書園版『測量船』以外の諸本では、用字はすべて初版第一書房版『測量船』に準ずる。
＊＊「風鐸」は初出では、「風鈴」。詩集収録の際「風鐸」と改訂。以後すべての諸本はこれに倣（なら）う。なお、初版本、再版本、および「日本現代詩大系」所載のものは、「廂々に」と「風鐸の……」の間一行アキ、八行、三行の二連となっているが、『春の岬』所収の際に一連十一行に訂正、右の版を除く諸本はこの詩型となっている。日本近代文学館の初版第一書房版の複製も一連十一行に変えている。

†初版本『測量船』の本文

三好達治（みよしたつじ）の処女詩集『測量船（そくりょうせん）』（昭五・一二、第一書房刊）の第四番目に収録されているこの「甃（いし）のうへ」はすでに新しい古典になっているほどポピュラーな作品である。入学試験問題にも各社教科書にもたびたびとり上げられているので、これについて学習活動の結果を含めて鑑賞・研究をまとめてみたいと思う。

まず、初版本『測量船』について原詩にあたって見ると、句読点なし、二頁見開きに二連である。

しかし二、三の教科書収録のこの詩は必ずしも原詩のとおりではない。そして多くが初版本を無視して全編を一連としている。たとえば、A社版「高等国語」では、「廂々に／風鐸のすがたしづかなれば」の間に一行あいて、後半三行が第二連となるところを一続きにしてしまっている。もっと徹底した改変をほどこしたものはB社「高等国語」であって、次のように構成だけでなく、表記まで改めてある（破線部）。

あはれ花びら流れ
をみなごに花びら流れ
をみなごしめやかに語らひ歩み
うららかの足音空に流れ
をりふしにひとみを上げて
かげりなきみ寺の春を過ぎゆくなり。
み寺のいらか緑にうるほひ
ひさしびさしに
風鐸のすがた静かなれば

ひとりなる
わが身の影を歩まする甃の上

右の詩と原詩を比較すると、まず行間が変えられてあるのはA社版と同じであるが、句読点をほどこし、字句を当用漢字に変え、「甃のうへ」という表題まで「甃の上」と変えている。現代詩が朗読性を失って、それに代わる視覚的効果を持ちはじめてすでに久しい。現代詩とは書斎における孤独な黙読によるということを念頭に置いてこの二つの詩を比較すると、後者ははなはだしく原詩の視覚的印象を変えているといわねばなるまい。なるほど、当用漢字によって表記を改めることは現代国語教育上の問題であるが、原詩の構成を変えて、句点をほどこすような積極的改変が教科書編集者ゆえに許されていいかどうかは別問題であろう。

確かに「翳りなきみ寺の春をすぎゆくなり」の一文は終止形で終わっているし、「廂々に」の「に」は格助詞で場所を示し、文法上の成分は、

連用修飾　　連体修飾　　被修飾　　被修飾
廂々に＝○風鐸の――すがた――しづかなれば
　　　　　　　主語　　　　　述語

で文法上は一続きの文を構成している。しかし教科書収録の「甃のうへ」は明確に構成が二分されて、作者の意図とは別の解釈が生じてくるであろう。詩を教材とする場合、原典に忠実でなくてはならないのは視覚的効果を尊重するばかりではない。詩の一行と散文の一行と

では自ずからその重要性が違うものである。

したがって、原典の尊重と詩における用語の重さという意味からも、これは原詩に復して指導するべきであろう。詩の指導の場合、単に鑑賞ということだけに限定せず、そこから言語の効用といった問題を抽出する意味においても、原詩と後者の場合には表現上に問題がある。

†格調高い構成

まず指導にあたって、この詩の重要性は、イメージの把握にある。そのために大切なことは、教師自身の解説よりも、生徒を主体とする鑑賞をどう導き出してくるかである。一語一語の語句を解釈することに先立って、まず積極的に黙読させることによって、構成——つまり詩の骨格を把握させ、イメージを把握させることであろう。

教科書収録の場合では二つの文で成立しているから［A］［B］という凡庸で単純な構成であり、原詩の構成を損なっている。原詩を与えたとき、鋭い生徒ならばおそらくこの二連の構成にある意味を読み取り、ここに着目するであろう。すなわち原詩では［A］［B1］——［B2］となって、Aは起句及び承句を構成し、B1で転句となり、B2で結句を作るという格調高い構成になっている。しかもB1とB2は文法上では前述したごとくに一続きの文である。そこに詩として散文では持ちえない積極的な修辞上の技法があると見なすべきである。もっともこれを初めから説明することは、主体を生徒に置く指導上望ましいことではない。

さて、黙読の結果、生徒はそれぞれ〈花〉〈をみなご〉〈寺〉といった単語からの経験的なイリュージョンを呼び起こす。そうしたものを十分に醸成した上で、まず一行ごとに語句に解釈をほどこし、鑑賞を加えていく。

†空白に込められた心理的屈折

一行と二行の「花びらながれ」という語句によって、桜の花が春の微風に乗って散ってゆくイメージが深く刻み込まれる。それに映画のオーバーラップ的手法で「をみなご」のイメージが重なってくる。三行に行って「をみなご」のイメージは明確に散る桜の中に浮かびあがる。「しめやかに語ら(かた)ひあゆみ」という詩句が自ずと作中の「をみなご」の性格を規定する。この「をみなご」の具体的イメージを生徒に描かせることによって、次の四行以下の詩句のトーンが自動的に導き出されるのである。

「うららかの跫音空(あしおとそら)にながれ」で、そのをみなごもまた花びらと同じく流動するものであることを示す。ここで「うららか」という語を辞書にあたって正確に把握させたい。意外に正確な意味と用法を把握していない生徒もあるから。この「うららかの跫音」は前行の「しめやかに語らひ」に対比して使われている。前行で娘たちの持っている若い生命感がつつましい中にも溢れていることがわかるであろう。感覚的には、視覚のみの世界から聴覚の世界が加わり、翳りなきみ寺の春の静閑な趣きが暗示されている。よく神経の行き届いた無駄のない表現である。

詩は承句に移って、「をりふしに瞳をあげて」「翳りなきみ寺の春をすぎゆくなり」の二行によってこの情景が克明に読む者の脳裏に再現されるはずである。……流れゆく花びら、その花びらの中をつつましくも軽快にあゆむ娘たち、寺内は一点の影もない真昼、娘たちの過ぎゆくように、春もまたこの時刻を過ぎゆくのである。この古典的とも思える情景の中にも、青春は実在する。ここまで読めば、抽象的であった娘たちの姿までが、眼前に和服を着て、白い足袋に包んだ足を甃の上に蝶のように軽々とひるがえして運ぶところまで目に見えてくるではないか。生徒たちがためらいなしに和服の娘だと断じるのも感受性の鋭さばかりではなさそうである。

「うららかの跫音」について靴音とか、ぽくりの足音と答えた生徒もあったが、これは当を得ないであろう。昭和初期の風俗からいっても和服ととりたい。セーラーの女学生では多分に少女趣味であり、ぽくりの足音では、「空にながれ」という詩句の若い軽やかさでは表現しにくい舞子のイメージになって通俗すぎる。舞子ということで付け加えたいが、「み寺の甍みどりにうるほひ」の詩句で、この寺院は古刹で、広い境内を持つと考えたい。ここで思い浮かべられることは、作者が旧制第三高等学校出身であることである。三高と京都とが結びつき、さらに京都の古刹と結びつくことは至当なことであろう。三高時代の作者が――とある春にこの詩のような情景に遭逢しなかったとはいいえないであろう。しかしこれはあくまで推定である。

ここで詩人の視線は、娘たちの視線を追ってみ寺の甍に転ずるのである。と同時に詩の構成もここで一転して飛躍する。そして詩人の視線は甍に沿うて「廂々に」移りゆき、そこで停止する。ここで行間があくことはこの時間的停止の味がある。「みどりにうるほひ」を若葉の緑に映えると解する生徒も確かに出るが、もう少し注意深く季節を観察すれば、若葉の緑とするには少し季節も早いであろう。実証的に言って、青銅のいらかに、春の陽が濡れたように光ってと解するべきであろう。

この二行の転句を受けて、第二連の三行は詩の結句である。すなわち、廂々にそそがれた詩人の眼は、ここに停止する。そして流れるようにすべてが動いてゆく中に、ひとり風鐸のみは静止して、この流れに疎外されている、という感懐を抱くまでに時間の経過がある。この経過の間にあって、詩人の想念はわが青春の存在を求めるのでる。そして視線は再び地上に帰り、わがひとりなる影をみる。こういう心理的屈折がこの空間で語られるのであって、したがってこの空間を埋めることは、たとえ文法的に接続する文節であろうとも、詩人の心理的屈折を無視することになる上に、前半・後半の単純で凡庸な構成が出来てしまう。

すなわち、原詩の構成によれば「……春をすぎゆくなり」に「み寺の甍……」は前半の延長上に位置し、同時に終連三行を導き出す役目も兼ねているのである。

ここで詩は急速に感動が主情的に昇華する。すべて流動し、流動する中で動かぬのは風鐸のみ。否、そして、わが青春はこの流動の中に取り残されるのであろうか。明るい真昼の春の中にもわが孤独はある。青春はしばしば人を自ら疎外者にする。そして呟く〈青春は孤独だ〉と。その呟きの中にあって、わが愁しみはひとりなるわが身の影をあゆます甃の上にありと嗟嘆するのである。

この最終行で初めて「甃のうへ」なる表題が明確になる。外的世界と、内的世界が密接して、しかも一種均衡ある心理的遠近感を持って、〈わが愁しみは甃のうへに〉となるのである。しかも起承転結、格調正しい詩篇である。表題を「題ス二甃上ニ一」と文人趣味に解する説もあるけれども、それでは、この詩の持つところの〈青春嗟嘆〉を解しえていない。

もとより室生犀星の「春の寺」、萩原朔太郎の「竹」の影響の濃い詩であることは、『日本近代詩鑑賞（昭和篇）』（昭二九、新潮文庫）で既に吉田精一の説くところであるが、以上のように見てゆくと、犀星時代には持ちえない、昭和現代詩の、十分に綿密に計算されたヨーロッパ文学にある詩法と発想を見ることができる。そして、この伝統とヨーロッパ文学の融合の中に『測量船』の新古典としての評価もあろう。彼が、日本の詩を根底から変えた詩誌「詩と詩論」の同時代詩人であるということはこれによっても明白で、いわゆる詩話会詩人の持ちえない新しい詩学が、この文語の一見古風な詩に絶対の現代性を付与しているのである。このことは鑑賞上、文学史的解説上にも付言しておきたい。

終わりに語句の解釈作業中に、この詩を散文に書き改めさせてみることによって、この詩の手法といったものがどんな配慮の上に成立しているかも認識できるであろう。その結果から、この詩の特色である連用中止法を生徒自身において説明することができる。

（『日本象徴詩論序説』昭三八 1963）

〈補説〉「甃のうへ」の本文について

「甃のうへ」は「王に別るる伶人のうた」「夕ぐれ」の二篇とともに「青空」第十七号に発表された、『測量船』の中でも比較的早い時期の作品である。

この詩篇の校異についていえば先の「＊」「＊＊」で挙げたごとく、異文がある。まず、初収の型の八行、三行の二連型の初版本『測量船』所収のものであり、この初版本系統のものには南北書園版再版本（昭二二・一）、及び「日本現代詩大系第九巻」（昭二六、河出書房刊）所収のものがある。

これに対して、十一行を一連とした行間空きなしの型は『春の岬』（昭一四・四、創元社刊）所収の際のもので、以後の諸本は右の二冊を除いてすべてこの詩型にならっている。これが単なる編集子のさかしらでないことは、詩人自らが校正の朱筆をとったといわれている冬至書房版三訂本『定本・測量船』（昭三九）において、詩形を『春の岬』に拠り、ルビは南北書園版に拠っていることからわかる。冬至書房版が最終的定稿というべきものであろう。

この点に関しては関良一も「甃のうへ」（『近代詩講義』昭三九・一〇、學燈社刊）において触れているが、安田保雄の「『青空』時代の三好達治」（「鶴見女子大学紀要」昭三八・一一）の説によれば、初出の際にこの作品を二頁見開きとして、「廂廂に」までを右頁に、以下三行を左頁に組んだため、これが『測量船』に収録されるに当って「廂々に」で、一行飛んで誤られて印刷され、その誤植が訂正されないまま詩集は発行されたものであるということである。

しかし、まだ疑問が残る。印刷の際の不注意説をとれば『測量船』の底稿は既発表の雑誌の「切り抜き」に朱筆を入れた活字原稿だったということになる。この底稿となった原稿といったものがどんなものであったかを探究する必要がある（『定本・測量船』には著者自身による校正本がある）。

……今度の編纂では、一二辞句の明らかな誤謬――当時の無智や不注意からをかしたものを訂正した外、また数箇の誤植を正しておいた外、作品に手を加へることはしなかつた。（南北書園版「あとがき」）

とあり、たとえば、達治の三高時代の作品「玻璃盤の嬰女」を拾遺として収録するにあたって、「玻璃盤の胎児」と訂正したごときをいうのであろう。また、新たにルビが増補されている。誤植の訂正について言及しているが、「甃のうへ」に関しては、行間空きが単なる誤植であるとするならば、なぜ訂正しなかったのであろうか。

ところで、この「あとがき」にはなんとなく気がかりな一文がある。それによれば達治は、……また無理な語法を無理にも押通して駆使しようと試みた跡が、今日の私には甚だ眼ざはりで醜く見える。

（右同、傍点筆者）

とも述べている。そこで、初版本『測量船』で、

み寺（てら）の甍（いらか）みどりにうるほひ
廂（ひさし）々に
風鐸（ふうたく）のすがたしづかなれば

としたということも、誤植以外の可能性を考えさせる余地がある。

大正末期の芸術前衛運動における既成の秩序の破壊による詩の革命という思潮の一余波が、こうした破格な文脈上の用法も容認するといった用例も多い。底稿を見ていないので以下は憶測の域を出ないのであるが、初版本『測量船』に収める際に、初出の右頁八行、左頁三行という姿に興趣を覚え、意識的に二連としたが、後に総合詩集『春の岬』に収めるにあたって、以前のそうした破格な用法が気に入らず、十一行一連の詩型に戻したとも考えられる。

あるいは達治がこの詩集に収めた詩篇所載の雑誌を全部第一書房に渡し、編集係がそれを忠実に筆写したのであろうか。しかし、それは詩集出版の際の著者と編集者の間における状況としては無理がある。また、原稿を雑誌から転写する際、一連を二連に達治が筆写し誤り、しかも校正の際にも著者はもちろん、編集者も見落とすということは発行所が第一書房だけに納得がいかない思いがある。

となると、「切り抜き」による活字原稿説であるが、この三十九篇ばかりの小詩集の原稿を「切り抜き」

による活字原稿によって作ったということも、それが達治の第一詩集だけにどこか不自然な感じが残る。ともあれ初版本『測量船』の原稿が発見されないかぎり、以上は推論を出ないが、前記の安田論文ではこのあたりについてはまったく一言も言及されてはいない。

この詩を二連と考えるならば、『春の岬』系統本よりも、この作品は構想からいっても心理の屈折から見ても、より複雑で陰影深いものになるであろう。

み寺の甍みどりにうるほひ┐
廂々に┘――B1
風鐸のすがたしづかなれば――B2

は、甍から流れ落ちて、伽藍（がらん）の大屋根の廂に達した視線はそこで一瞬停止し、ある心理の屈折を通過して、足下のわが身の影に移ることになり、散文では表現し得ない微妙な間をそこに構成する。

『春の岬』系統本の一連ではこの六行までをAとすれば、七行より十一行がBとなり、この詩の構成は単にABという凡庸（ぼんよう）で素朴な形になるが、『測量船』系統本の場合はAB1―B2となり「廂々に」視線は一瞬停滞して、「風鐸のすがた……」に移り、「わが身の影を……」に一転する心理の陰影を感じさせる。「しづかなれば」という詩語が詩の手法上非常に小手のきいた修辞となる。

（『三好達治研究』昭四五 1970）

《編者注記》かつて、文学作品には〝正しい本文〟は一つしか存在しないと考えられていた。しかし、今日では、文学作品の本文は発表や出版されるごとに変化するものであり、それぞれがそれ自体としての価値を持ち、唯一絶対の〝正しい本文〟は存在しないと捉えるようになってきている。編者もこの立場に立って、初版本『測量船』の「甃のうへ」の二連構成の本文も、この時点で三好達治が意識的に選びとった、それ自体として価値あるものと見る。著者小川和佑は、二連構成という理解に立った『日本象徴詩論序説』所収の「甃のうえ」の鑑賞文を、後年の『三好達治研究』において、一連構成を達治本来の意図とする説を受け容れて大幅に書き改めたが、編者はあえて修正前の鑑賞文を本書に採択した。そして、それが〝誤った〟本文による鑑賞でないことを示すために、本文についての著者の考察を〔補説〕として掲げた。なお、著者が研究を進めていた時点では、〝正しい本文は一つ〟という考え方が支配的であったため、〔補説〕の原文にはややためらいがある。著者の主張をより明確にすべく編者が削除・加筆したところがある。

雪

太郎(たらう)を眠(ねむ)らせ、太郎(たらう)の屋根(やね)に雪(ゆき)ふりつむ。
次郎(じらう)を眠(ねむ)らせ、次郎(じらう)の屋根(やね)に雪(ゆき)ふりつむ。

（昭二 1927・三「青空」第二十五号初出。『測量船』昭五 1930・一二）

†二つの「雪」

「太郎を眠らせ、太郎の屋根に雪降り積む。次郎を眠らせ、次郎の屋根に雪降り積む、か。よく出来てる」と梶井（引用注、梶井基次郎（かじいもとじろう））がひとりごとのように言った。それは、私が見た「青空」のバック・ナンバアに載っている三好達治の詩であった。三好は梶井の行っていた湯ケ島で梶井と一緒にいて、まだそこに残っているのだった。

「それは三好君の傑作ですね」と私は、その単純な詩句の中に漂っている甘美なノスタルジアの力を羨（うらや）ましく思いながら言った。私には、散文的な描写をする力はあったが、散文形式の中に韻律を生かす術（すべ）は持っていなかった。自然に人の口にのぼって愛誦されるような韻律を身につけている点で、私は三好達治の中に本質的な詩人がいるように感じていた。

（伊藤整「若い詩人の肖像」昭三一・八、新潮社刊）

右の伊藤整（せい）の小説「若い詩人の肖像」の一節は『測量船（そくりょうせん）』の短詩「雪」について書かれたものの中で、最も優れた批評となっている一文である。

さて、「雪」は昭和二年三月「青空」第二十五号に「谺（こだま）」「鵜（う）」「都」などとともに発表された。このうち、「谺」と「雪」（ただし、二篇の「雪」のうち「太郎を……」の一篇のみ）は『測量船』に収録された。

右の中の「都」という作品は詩集未収録の詩篇で、『三好達治(みよしたつじ)全集』第一巻に収められたが、その作品は次のようなものである。

鴉(からす)は浪のやうに啼(な)き
雀は貝殻のやうに啼き
自動車は帆前船(ほまへせん)のやうにも啼く
それらみな海をつくりて
ゆふぐれの都の空にて啼く

（「都」）

この小篇と「雪」を比較して見れば、「雪」の佳篇(かへん)であることは明瞭であろう。

ところで、達治はこの時、実は「雪」という題で二つの詩を発表していたのである。

即ち、

太郎を眠らせ、太郎の屋根に雪ふりつむ。
次郎を眠らせ、次郎の屋根に雪ふりつむ。

（「雪」）

雪ふりつもり、足跡みなかげをもてり。
いそぎ給(たま)はで、雪はしづかにふみ給へ。

（「雪」）

この二篇の「雪」は、もちろん前者がまさっている。「雪ふりつもり、……」の「雪」や、「都」にはまだ萩原朔太郎の「愛憐詩篇」の強い影響、ないし大正詩的な影響が強く感じられ、また大正詩の領域を越えたものとはいい難いものがある。「谺」「雪」には同期の作品にかかわらず達治の個性が確立されているといえよう。

若き日の梶井、伊藤をして愛誦させてやまなかったのはやはり「雪」の持つ風韻の美しさであったろう。

†無限の広がり

この「太郎を眠らせ、……」の「雪」には童画的な世界がある。そして短詩型文学的な短さが、より読者の親愛性を誘うのであろう。北川冬彦を介して、詩誌「亜」による短詩運動を「雪」二篇の短詩に、達治らしく摂取したものと考えられる。しかし、その短詩はアメリカ文学における短詩のホックや、フランス文学における短詩のアイカイ（haïkaï）にならず、むしろこれら西洋の短詩の原型であった伝統詩に近いものになっている。達治がもう少し、西欧の新文学に接近し、その影響の下に新しい文学上の冒険を試みるには「詩と詩論」の創刊を待たねばならなかった。

「太郎を眠らせ、太郎の屋根に……」という詩句は詩語としての響きも流麗だ。そこに澱（よど）みや渋滞がない。そして、その詩句は読者に懐かしい少年時代の雪の思い出を浮かびあがせることができる。そのイメージは太郎一人だけでなく、次郎をも眠らせ……と歌うことで、太郎、次郎、三郎、四郎……という多くの子どもたちに同じ夢をつないでいく無限の広がりを持っている。

読者はその少年時の雪の夜の原体験にあわせて、様々な背景に「太郎の屋根」「次郎の屋根」を思い浮かべるであろう。「太郎の屋根」が大都市の片隅にあってもよく、「次郎の屋根」が漁村にあってもよいと思う。この時、概念の中にある土俗的な共同体としての日本の農村を思い浮かべねばならぬ理由はない。太郎や次郎はもっと普遍的な小児の抽象化された存在と解してよいのである。

この詩の背景に雪積もる寒村という印象を与えたのは伊藤信吉（しんきち）の『現代詩の鑑賞』下巻（昭二八・二、新潮文庫）であろう。この優れた鑑賞文が、「雪」の印象を固定的にしたものと思われる。おそらく冒頭に引用した伊藤整（せい）の「若い詩人の肖像」によって、梶井基次郎（かじいもとじろう）はこの詩から、大阪の、あるいは松阪（「城のある町」）の淡雪の夜を思い浮かべ、伊藤整は故郷北海道の曠野の中の深い雪に埋もれる農村を思い浮かべたことが想像できる。そして、それぞれの原体験に屈折させた上で「雪」の韻律の美しさを愛誦してやまなかったのであろう。
しんしんと降り積もる静かな雪の夜、子供たちはみな、その眠りの中で夢を結ぶ。論理の叙述のために作られた散文では表現不可能な詩という韻文によってのみ表現可能な、これはロマネスクの世界なのである。それを見抜いた梶井基次郎はこの作品を名詩といって賞讃したのであろう。懐かしく暖かな体温のある抒情詩である。

雪ふりつもり、足跡みなかげをもてり。
いそぎ給はで、雪はしづかにふみ給へ。

（「雪」）

の同時作は、「太郎の屋根に……」が美しい心象風景を構築しているとすれば、こちらは雪の夜の孤独な青年の心情の告白である。雪の夜の街路（曠野でもよい）の「足跡」は、ついに映像の美しさにおいても「太郎の屋根」「太郎の眠り」には及ばない。

（『三好達治研究』昭四五 1970）

頬白（ほほじろ）

日が暮れる　この岐（わか）れ路を　橇（そり）は発（た）つた……
立場（たてば）＊の裏に頬白が　啼（な）いてゐる　歌つてゐる
影がます　雪の上に　それは啼いてゐる　歌つてゐる
枯木の枝に　ああそれは灯（とも）つてゐる　一つの歌　一つの生命（いのち）

（昭九 1934・四「世紀」創刊号初出。『閒花集』昭九・七）

＊立場（たてば）——街道筋の乗合馬車などの発着所。

†志賀高原の自然の中で

昭和八年七月二十八日、桑原武夫（くわばらたけお）、生島遼一（いくしまりょういち）の勧めによって、三好達治（みよしたつじ）は肺結核、神経性心悸亢進（しんきこうしん）症の予後の療養のため、信州志賀高原発哺（はっぽ）温泉に滞在した。第三詩集『閒花集（かんかしゅう）』（昭九・七、四季社刊）、第四詩集『山果集』（昭一〇・一一、四季社刊）は、第二歌集『南窗集（なんそうしゅう）』（昭七・八、椎の木社刊）の背景が伊豆にあったごとく、この志賀高原の自然の中から歌い起こされている。

発哺においての達治は療養のかたわら翻訳の仕事を進めていた。しかし、彼の訳業はあくまでその生計の支えの第一であった。以後、達治は長く発哺において、創作の筆をとった。発哺については彼の随筆集『風蕭々』（昭一六・四、河出書房刊）の中に「信州発哺温泉」の一章がある。達治は夏場はこの地に滞在、秋風とともにその下にある上林温泉に引き籠った。この頃の三好達治については中谷孝雄が「日本浪曼派」（昭四四・一一「群像」十一月号）でやや詳細に触れているので、併読されたい。

　達治は紅葉の散る頃になると上林温泉に降りて、その温泉の小さな某旅宿で執筆を続ける。「日本浪曼派」の小説家緒方隆士を長野「日赤病院」に見舞った中谷が、達治を訪れて十日余り滞在したのはこの上林温泉である。「頬白」が雑誌「世紀」創刊号（昭九・四）に発表されたのはこの中谷の訪問以前である。

「世紀」は田畑修一郎、淀野隆三、浅見淵、外村繁、川崎長太郎、丹羽文雄、中谷孝雄、小田獄夫、青柳瑞穂、尾崎一雄、緒方隆士、古木鉄太郎、蔵原伸二郎らを同人として三笠書房から発行されていた同人雑誌である。どちらかといえば早稲田派のリアリズムの拠点という感じの雑誌で、青柳、淀野、蔵原、中谷らは異色の同人だったろう。

　達治はその創刊号に「一つの風景」「三色旗」「雉」「頬白」の四篇の四行詩を寄稿した。雑誌の性格からいえばこの達治の寄稿はややそぐわぬ感じがないでもない。おそらく旧友淀野や、外村の要請でもあったかと推定する。「頬白」が発表されるまでには以上のような事柄が背景となっている。

しかし、「頬白」が達治詩のこの期の代表作として広く評価されたのはこの「世紀」という小説を主体とした雑誌によってよりも、詩集『閒花集』によって詩の読者にはじめて識られたためではあるまいか。もとより、「世紀」の同人間では必ずしも不評ではなかったに違いないであろうが、徹底した散文家であった丹羽文雄や川崎長太郎は、この創刊号の達治の詩にどんな印象を得たであろう。彼らのこの詩に対する印象、回想の類に目を通す機会のなかったことが残念である。

†流動的なリズム

達治は昭和九年一月、岸田國士の媒妁で佐藤智恵子（佐藤春夫の姪）と結婚、上林温泉に旅立ち、当地に滞在した。彼はすでに三十三歳になっていた。しかし、それらは作品の直接の読解にほとんど必要のない知識である。読者はここでは目前の詩「頬白」の一篇によってその詩的感動を味読すればそれで足りる。

詩の焦点は雪の中の頬白である。そして、その一羽の可憐な小禽によって象徴される生命の讃歌を読み取ればいい。「日暮れ」も「岐れ路」も、また「雪の上の橇」も「枯れ枝」も、

「頬白の生命（いのち）」を支える状況なのである。雪一色の上に置かれた状況なのである。それらの状況に支えられることによって「頬白の歌」「頬白の生命」は燦（きら）めく光を放つのである。

日が暮れる　この岐（わか）れ路を　橇（そり）は発（た）つた……

この一行から詩は見事な凝集を見せている。なに気なく読み下すのだが、ここには達治一流の格調が五音、七音、六音の韻律を作っている。しかし、この場合大切なのはその韻律云々ではないのである。それは達治において、自然に流麗に作られた時制なのだ。「日が暮れる」に対する時制は「橇は発つ」でなく、「橇は発つた……」なのである。この詩句と「日が暮れた」「橇は発つ……」ではまったくその状況において相違がある。「日が暮れる」の詩句は「橇が発つた……」に対応することによって、「日が暮れる」という現在から、「日が暮れかかる」という刻々の時刻進行への拡（ひろ）がりを持つ。そして、「橇は発った……」のである。あとは一面の雪原だけが残る。そうした無の情景の中で、

立場（たてば）の裏に頬白が　啼（な）いてゐる　歌つてゐる

と歌い継がれる。読者は、詩人の視点が立場（たてば）にあって、その日最後の便である雪橇（ゆきぞり）が麓（ふもと）に降りるのを見送ったことを知らされる。その歌っている頬白の声によって、この雪景色が雪ながらすでに早い春だという季節感を持つことができる。頬白の歌は俳句ならば季語のように重要な一句なのである。雪原の中に啼く頬白――小禽（しょうきん）の歌声、そこに自然がある。言語の中に自然は移し替えられる。ここでも七音、五音、六音の韻律が極めて不自然でなく一行の詩句となっている。この短い詩句の区切り方、その短い詩句と詩句とのつながりが作り出す一種の微妙な言語の共鳴は後年、立原道造（たちはらみちぞう）がその詩法の中に摂取してこれを十分に駆使しおおせた。たとえば、

夢はいつもかへつて行つた　山の麓（ふもと）のさびしい村に
水引草（みづひきさう）に風が立ち
草ひばりのうたひやまない
しづまりかへつた午（ひる）さがりの林道を

（「のちのおもひに」第一連）

とか、あるいはまた、

澄んだ空に　大きなひびきが
鳴りわたる　出発のやうに
私は雲を見る　私はとほい山脈(やまなみ)を見る

（「また落葉林で」第三連）

のようにである。流動的なリズムは雪景の中の小禽の歌を把えた。

✝自然の生命への讃歌

そして、絶句ならば転句に当たる第三行が、この詩の文学的生命を決定する一行になる。達治はそこに意外な詩句を用意した。

「影がます　雪の上に」という五音、六音の詩句がそれである。この詩句によって、橇の発った後の雪の立場にはじめて、動く人影の存在が示される。しかし、橇を見送って散った人々が示されず、影が示されている。「影がます」「雪の上に」の倒置法による二つの詩句に示されるものは果たして人影であるか、または夕日が雪の上に落とした樹木の影であるか定かでない。あるいは人影でなく橇の発った後に落ちた樹木の影のみであるかもしれぬ。たとえば、人影であってもこの夕景の中にあっては樹木の影と見分けもすでにつかぬ。この一面の雪景においては人影もまた自然の一部分に過ぎないようだ。そして、詩は再び格調高く第二行と同じ詩句を繰り返す。

「それは啼（な）いてゐる　歌つてゐる」と、散文の論理ならば「それ」の指示するものは「影」であろう。しかし、この詩の「それ」は疑いもなく「頬白（ほおじろ）」なのだ。ここにも、第一行と同じく「日が暮れた」「橇（そり）が発（た）つ……」というあの散文の――自然主義文学の作り上げた語法が見事に無視されることによって、詩が詩以外の何ものでもない存在になっている。「啼（な）いてゐる」「歌つてゐる」の畳句（ルフラン）の効果はここで最大限に活用される。そして、その感情の昂（こう）揚（よう）は、

枯木の枝に　ああそれは灯（とも）つてゐる　一つの歌　一つの生命（いのち）

の終句において歌いきられるのである。満目（まんもく）白一色の中の、枯木の枝の頬白（ほおじろ）の歌は、大自然の、生命への讃歌なのである。孤独な魂の持ち主たるこの現代の隠者は、自然を詩的に眺めることによって、自然の確かな生命を四行詩という短い詩型の中で、一個の強固な抒情の世界として読者に示した。「枯木の枝に　ああそれは灯（とも）つてゐる」という。小禽（しょうきん）の、この雪中のいたいけな頬白の歌を「灯つてゐる」と歌った。その詩句は達治の生涯の全詩句の中でも忘れ難い一句である。

ただし、萩原朔太郎（はぎわらさくたろう）はこの詩を評して次のように述べている（「現代詩の鑑賞」『純正詩論』昭和一〇・四、第一書房刊）。

最後の第四行は終幕曲（フィナーレ）である。ここでは既に夜が来て、枯木の枝に洋燈の灯がともつてゐる。否（いな）、その灯（とも）つてゐるのは洋燈ではない。作者の悲しみの唄ふ一つの歌。一つの寂しい生命なのである。この表現を散文の修辞で書けば「私の歌、私の寂しい生命が、枯木の枝に止つて鳥のやうに啼き、夜の洋燈のやうに灯（とも）つてゐる。」といふ工合になる。

ここで朔太郎は「頬白」を「或る生活上の寂しい離別を表象してゐる」と規定しているが、いかがなものであろう。この説に拠って新婦智恵子夫人を独り橇に乗せて帰す別離などと、即物的に生活的日常に演繹（えんえき）して解すことは蛇足（だそく）もはなはだしい。「頬白」はやはり、厳しい自然に耐（た）えて歌いあげる新しい生命の歌であってよいように思う。この「頬白」の一篇に「寂しい離別を表象する」と見るのは朔太郎における心情の投影であろう。

（『三好達治研究』昭四五 1970）

捷報臻（せふほういた）る

捷報いたる
捷報いたる
冬まだき空玲瓏（れいろう）と
かげりなき大和島根（やまとしまね）に
捷報いたる
真珠湾頭に米艦くつがへり
馬来（マレイ）沖合に英艦覆滅（ふくめつ）せり
東亜百歳の賊
ああ紅毛碧眼（こうもうへきがん）の賤商ら
何ぞ汝らの物慾と恫喝（どうかつ）との逞（たくま）しくして
何ぞ汝らの艨艟（もうどう）の他愛もなく脆弱（ぜいじやく）なるや
而（しか）うして明日香港（ホンコン）落ち
而して明後日フイリッピンは降（くだ）らん

シンガポールまた次の日に第三の白旗を掲げんとせるなり
ああ東亜百歳の蠹毒(とどく)
皺(しわ)だみ腰くぐまれる老賊ら
已(すで)にして汝らの巨砲と城塞とのものものしきも
空し
そは汝らが手だれの稼業の
ゆすりかたりを終(つ)ひに支へざらんとせるなり
かくて東半球の海の上に
我らの聖理想圏は夜明(よるあ)け
黎明(れいめい)のすずしき微風は動かんとせり

（『捷報いたる』昭一七 1942・七）

＊艨艟――いくさ船。軍艦。

†戦後の青年たちの達治への拒絶

昭和二十年代前半の三好達治(みよしたつじ)の詩壇における評価は、昭和初頭の「詩と詩論」の時代における萩原朔太郎(はぎわらさくたろう)に酷似していた。達治は当時の二十歳前後の詩人志望の青年たちにとってはすでに過去の詩人と映っていた。その彼らの目には久しい沈黙を破って『あんばるわりあ』（昭二二・八、東京出版刊）を再刊し、『旅人かへらず』（昭二二・八、東京出版刊）の新詩集を刊行して詩壇に復帰した西脇順三郎こそ、昭和詩の始祖としての存在と映っていた。

　順三郎が彼らの畏敬を集めたのは、彼がどの詩人たちとも異なって昭和十年代の日本主義的思潮の中で孤立し、その手を少しも汚していなかったことである。昭和十七年、自ら詩筆を折ることで頑なに時代思潮に妥協することを拒絶し沈黙を守った順三郎の文学的態度に対する青年たちの感動は、この孤独な芸術前衛の詩人の詩業に対する深い共感となったのである。同じような感動は、「燈台」の詩によって昭和十年代に痛烈な天皇制批判を歌った金子光晴にも集まっていた。

　『捷報いたる』『寒柝』『干戈永言』の詩人三好達治に対する彼らの目は非常に冷淡なものであったことは、単に時代の思潮の転換ばかりではなかったようにも思われる。彼らは寡黙の中に、昭和十年代後半のこの三詩集によって達治を拒絶していた。この感情は後年、吉本隆明の「『四季』派の本質―三好達治を中心に―」（昭三三・四「文学」）によって代表されているといえよう。

†ジャーナリズムの要請

『三好達治全集』第三巻の石原八束の「解題」は、昭和十六年より昭和二十二年の七年間の達治の詩作は約二九〇篇、この中にいわゆる戦争詩、愛国詩と称するものは八二篇であると述べている。この八二篇という数量は伊東静雄のそれの七篇に比較してはるかに多い。しかし、それらは静雄の場合と異なって、当時のジャーナリズムの要請に応じて書かれたものであろう。当時のジャーナリズムにおける達治の知名度は村野四郎、北川冬彦、伊東静雄らをはるかに上回っていた。その意味では達治は文壇的詩人であり、当然その要請は達治や、高村光太郎に集中していたのだった。達治はそれらジャーナリズムの要請によって書いた作品と、詩人として内的欲求に発する作品とを、どうやらひそかに峻別していたらしいことは、その詩集の編纂法を詳細に見ていけば理解できそうである。

この期に達治が編纂した二冊の自選集、つまり、『羇旅十歳』（昭和一七・六、臼井書房刊）、『朝菜集』（昭和一八・六、青磁社刊）を見れば、この両詩集の新稿九篇中、六篇は重複して採録されているが、同期の『捷報いたる』（昭和一七・七、スタイル社刊）、『寒柝』（昭和一八・一二、大阪創元社刊）には、これら『羇旅十歳』『朝菜集』の作品は収録されていない。この二詩集が選詩集といえばそれまでではあるが、殊に「朝菜集自序」には、

こはこれつくりあしき笛一竿、されどこの日おのれそをとりてつつしみひざまづきて、
いまはなき
萩原朔太郎先生の尊霊のみまへにささげまつらんとす。
そはこの鄙吝（りんしょく）の身をもつて、おのれとしごろ詩歌のみちにしたがへるもの、ほかならず
ただの師のきみの高風を敬慕しまつれるの余のみ。

と、ある。これによって『朝菜集』は朔太郎（さくたろう）に捧げられた一冊であることがわかる。この一冊に達治はあえて一篇の愛国詩も収めなかった。彼は静雄と違って文筆によって生活を立てている以上、ジャーナリズムの要請を拒否できなかったが、それらの詩篇をこの一冊に加えなかったところに、彼のひそかな時代への姿勢がうかがわれる。その点で、同じ時期に『某月某日』『大きなる日』を刊行した高村光太郎（たかむらこうたろう）と微妙な時代思潮に対する姿勢の違いがある。

達治に対する順三郎（じゅんざぶろう）はこの期に一篇の詩をも発表しなかった。彼は自ら詩筆を折ったと称して、ジャーナリズムを拒絶して書斎の人となった。彼はひそかに旧稿を推敲し、同一の主題の別な作品を創造し、また、新しい世界への創造に没入していたが、このオックスフォード大学出身の英文学者である学匠（がくしょう）詩人に対して、ジャーナリズムはその存在を全く無視し

ていたかもしれず、順三郎自身は狂信的な日本主義に同調するにはあまりに教養人であり過ぎた。彼は故郷小千谷（おぢや）に籠り日本古典に親しんでいる。――という事実は彼が単なる西欧文学の追従者ではなく、伝統的文学に対する深い理解者でもあったといえる。順三郎は日本の古典に対して、西欧文化の心酔者たちによく見る例のように無知ではなかった。しかし、伝統的文学に対する彼の理解は、この期の日本主義の偏執的なまでの盲愛に決して同調できなかっただけである。そういう伝統的文学の精神は彼の第二詩集『旅人かへらず』に深く投影しているのを見てもわかるであろう。

時代に背を向け、ジャーナリズムを拒絶し、自ら詩筆を折って故郷に隠棲し、古典の味読と水墨画の習作に生きることができたのは、順三郎の幸福であった。実生活の上では文筆生活者でしかなかった達治には、順三郎には許されたこの歳月が不可能だったということもある。

もっとも、達治に順三郎と同じ条件が与えられたとしても、彼が筆を折り、彼が唐宋詩文の世界に没入したかどうかは論ぜられない。しかし、達治はこの期の熱狂的な日本主義の推進者、同調者でなかったことだけは言えそうである。達治は吉本隆明（よしもとたかあき）の批判にかかわらず、「四季」に愛国詩を蔵原伸二郎（くらはらしんじろう）や竹村俊郎（としお）のように進んで発表することはなかった。

しかし、達治のこの期の文学的姿勢がいかなるものであろうとも、八二篇の戦争詩の存在は否定できない。また、達治の詩業を考える上にもこの事実を無視することは不可能である。戦後、達治は三冊の戦争詩集を絶版にした。二つの時代を生きた文学者のほとんどが彼と同じ方法をとっている。昭和十年代より一貫して同じ日本主義的姿勢を持続していた文人としてはわずかに保田與重郎が思い浮かぶ。

†非個性的な作品

同じ「捷報臻る」という題名の短歌十一首中の

いさぎよき捷報いたるふゆの日のこの日のあさのそらのいろはも

は、「捷報臻る」という詩の反歌的意味を持つものである。

詩集『捷報いたる』の標題ともなった、昭和十六年十二月八日の真珠湾攻撃を歌う「捷報臻る」は、達治の戦争詩批判に引用されるものであるが、安東次男は「まったくとつぜんに、狂ったかのごとく（そう見える）無慚な『捷報いたる』という戦争の詩集を出した」という評を詩論「詩人の境涯」（『現代詩の展開　安東次男詩論集』昭四〇、思潮社刊）の中で加えている。

しかし、この詩に対する徹底的な分析に立つ鑑賞というものはまだ行われていない。ということは文学鑑賞の対象以前の詩篇であるということが考えられる。確かに達治の戦争詩は極く例外的な少数を除いて、彼自身の作品の中では凡作である場合が多い。――もっとも、昭和二十年代前半には戦争詩という主題においてすでに否定的に評価され、その評価がやがて他に引用を繰り返されていく過程で定説となったような例もある。そうした一面的な評価を排除してみても右の詩は達治の詩としてもつまらぬものであり、また、同時代の戦争詩の中に置いても際立つ作品ではない。

それはなぜであろうか。この詩が、太平洋戦争をヨーロッパ・アメリカの植民地主義に対する民族解放運動の一環としての戦争であり、それは極端な日本主義によって実施されねばならないという当時の、いわゆる時局的思想を背景にして成立しているからである。その思想は達治本来の思想的信念に基くものでなく、昭和十年代の政治思潮が形成したものであり、官憲の手で統一されたいわば人工の仮面に過ぎなかった。

達治の日本主義には保田與重郎とは本質的に相違がある。ボードレリアンとして文学的出発をしている達治の日本主義は、いわば思想にまで昇華したものではなかった。達治の日本主義、反植民地主義は時代思潮への肯定的同調に過ぎなかった。そこに「捷報臻る」がなによりも非個性的な作品だった要因がある。

爆音轟々(がうがう)、敵空を圧し
金鯱(きんこ)一たび巨鯨(きよげい)に臨むと見しが
須臾(しゆゆ)に摧破(さいは)し去る巨大艦
雲煙散じ去つて再(ま)た影を見ず
真珠湾頭　星条旗低し

捷報(せふはう)　連(しき)りに故国に到り
山川歓呼して草木揺(ゆら)ぐ
盟邦(めいはう)また瞠目(だうもく)し　醜小狼狽す
吾れ国史の此(こ)の瞬間に生きたるを喜び
仰いで霊峰富士を望み見るに
暗雲一拭(いつしよく)されて皎(かう)として白し

（田中克己「ハワイ爆撃行」第三連・第四連、『神軍』昭一七・五、天理時報社刊）

この二篇を比較すれば、その発想・措辞(そじ)が極めて類型的であることを指摘するのは容易であろう。『艸千里(くさせんり)』の詩人三好達治と『西康省(せいこうしょう)』の詩人田中克己(かつみ)が類型として論じられてよいはずがない。しかし、ここに挙げた詩において類型的という指摘が可能なのはこれらの詩がおよそ非個性的な作品だからである。立原道造的にいえばこれは三好達治の〈惨落〉なのだが、「捷報臻る」「ハワイ爆撃行」の文学としてのつまらなさはここにある。その思想以前にすでに文学として評価に堪えない。

ただし、文芸雑誌「コギト」の詩人田中克己の「報告」「日本を愛す」「恥辱」に見られる思想は、その是非は別として、十分に個性的であった。そしてまた、達治の「おんたまを故山に迎ふ」も「列外馬」についても同じことがいえる。

達治の非文学的戦争詩は、明治期における二つの戦争期に半ば投機的に刊行された通俗な戦争歌集(短歌集ではなく、歌唱集である)、たとえば、山田源一郎編の『大捷軍歌一篇〜七篇』(明二七・一一〜三一・二)や、佐佐木信綱編の『征露軍歌』(明三七・三)の諸篇にも劣っている。それらには巷の作詞者たちの素朴な感動があった。殊に『大捷軍歌』には無知な庶民層の民族主義的発揚もある。もとよりそれは文学的に評価されるべきものではなく、時代思潮が遺していった稚拙で、通俗な感傷的所産なのである。だが、それらの歌唱がそれなりに個性的であったことは、いわば明治と昭和との時代の違いであろう。文明的に近代化の進んだ昭和期に、明治のそれよりも思想的自由が抑圧された現象は、同時代を生きたものでなくては実感として次第に理解し難くなるのではないか。

†伊東静雄の場合

昭和十年代後半に、この歌唱集に見られるような戦争を主題とした庶民の希求や喜びを、近代社会における小市民の立場から歌った詩人に伊東静雄（しずお）がある。

いかばかり御軍（みいくさ）らは
まなこかがやきけむ
皎（かう）たる月明の夜なりきといふ
そをきけば
こころはろばろ
スラバヤ沖
バタヴィアの沖
敵影（てきえい）のかずのかぎりを
あきらかに見よと照らしし
月読（つくよみ）は

夜すがらのたたかひの果（はて）
つはものが頰（ほほ）にのぼりし
ゑまひをもみそなはしけむ
そのスラバヤ沖
バタヴィアの沖

（伊東静雄「海戦想望」）

達治（たつじ）、克己（かつみ）の詩と比較して読むことで、静雄の『春のいそぎ』（昭一八・九、弘文堂書房刊）に含まれる七篇の戦争詩が文学としてはるかに高い水準にあることがわかる。昭和十七年二月の、日本海軍が連合国軍艦隊を撃破した、インドネシアのスラバヤ沖、引き続いてのバタビア沖の海戦を詠んだ「海戦想望（かいせんそうぼう）」はまぎれもなく静雄自身の詩心から歌い起こされたものである。この「海戦想望」は昭和十七年五月に「コギト」に発表されたものである。静雄の七篇は達治のそれと異なってジャーナリズムの要請によって書かれたものではない。これらの詩は静雄の自発的な詩心の発動によって歌われたのである。

静雄はこれらの詩を「コギト」「文芸世紀」「文芸文化」等の雑誌に発表した。戦後、文学における戦争責任という問題に遭遇した際、静雄が達治よりもその戦争詩に対して深い自責の念を持ったことは、その内的衝迫（しょうはく）に対する痛恨であったろう。その痛恨は自己否定的な人生を意志的に彼に選び取らせた。静雄はそういう形で、贖罪（しょくざい）の道を歩み、昭和二十八年三月に国立大阪病院長野分院の一室で死んだ。結核によるその死の直前まで、この七篇の詩を彼の生涯の汚点として痛恨していたと詩友富士正晴（まさはる）はいう。

……パレンバン奇襲直前のその写真をみれば、うつし身の裸身をり伏せ、ぬかづけり。いくさの場知らぬ我ながら、感迫りきていかで堪（た）へんや。乃（すなは）ち、勇士らがこころになりて

などいのち惜しからむ
ただこのかさの
ひらかずば
いかなりしいくさの状（さま）ぞと
問はすらむ神のみまへの
畏（かしこ）しや
わがかへり言（こと）

（伊東静雄「つはものの祈」）

右の詩が詠んでいる昭和十七年二月に行われた陸軍落下傘部隊の、インドネシア・スマトラ島のパレンバン降下作戦を達治も歌い、『捷報（しょうほう）いたる』に収めている。これを引用するにはほとんど思いみなかったほどの蛮勇（ばんゆう）が必要である（「……」は中略を示す）。

落下傘（らっかさん）部隊！
落下傘部隊！
見よこの日忽然（こつぜん）として碧落（へきらく）彼らの頭上に破れ
神州の精鋭随処（ずいしょ）に彼らの陣頭に下る
…………………
…………………
うべこそ九天の外より到れ　神州の精鋭
我ら天孫民族の裔（すえ）の男（を）の子ら
我ら天外の理想を負ひ
我ら亜細亜（アジア）の支柱をささへ
東海の国を樹（た）つ二千六百載（さい）

この役国運を一挙に賭（と）す

（「落下傘部隊！」部分）

かつての「詩と詩論」の詩人、ボードレリアンの達治は全く影をひそめた。

この「落下傘（らっかさん）部隊！」と「つはものの祈（いのり）」とを読み較（くら）べる時、達治の戦争詩の本質が最もよく理解できよう。静雄はその詩の詞書（ことばが）きに「……いくさの場知らぬ我ながら、感迫りきていかで堪（た）へんや。乃（すなは）ち、勇士らがこころになりて」と記した。

✝戦争の時代における達治の詩想

戦後の達治（たつじ）評では、この期の詩をもって達治の詩想の枯渇（こかつ）という。しかし、達治はこの同じ時期に中期の絶唱「師よ　萩原朔太郎（はぎわらさくたろう）」（昭一七・七「文学界」）を発表し、また、「四季」終刊号には、

かへる日もなきいにしへを
こはつゆ艸（くさ）の花のいろ
はるかなるものみな青し
海の青はた空の青

（「かへる日もなき」）

を発表した。右は堀辰雄宛の書簡に書き連ねられた短唱である。ここには日本主義者の達治は不在である。

この期の達治の作品と思想についてはその時間的、歴史的背景において、始めから綿密な調査と研究に立った新しい研究が必要であろう。以上はいわばその序説ともいうべきものである。

（『三好達治研究』昭四五 1970）

雪はふる

海にもゆかな
野にゆかな
かへるべもなき身となりぬ
すぎこし方なかへりみそ
わが肩の上に雪はふる
雪はふる

かかるよき日をいつよりか
われの死ぬ日と願ひてし

（昭二一 1946・八「四季」再刊第一号。『砂の砦』昭二一・七）

†簡素な小詩集『砂の砦』

昭和二十一年七月、京都の臼井書房より刊行された達治（たつじ）の詩集に『砂の砦（とりで）』という一冊がある。A５判、白和紙カバー装の小さな簡素な一冊であった。戦後の資材の不足ということもあったろうが、そういう何気ない装本の一冊もこの詩人のこの時期における好みであったのかもしれない。この一見、目立たぬ小詩集は達治詩の愛読者によってひそかな歓迎を受けても、朧気（おぼろげ）な記憶ではほとんど、戦後の詩壇からの讃辞はなかったように思う。そして、この小詩集は戦後の三好（みよし）達治の輝かしい詩集となった芸術院賞受賞詩集『駱駝（らくだ）の瘤（こぶ）にまたがって』（昭二七・三、創元社刊）の陰になって、読者の印象をさらに稀薄なものにしてしまった。

そういう中で、この一冊と、その収録作品がもう一度、筆者の意識の中にたちもどったのは、詩人の没後に編まれた追悼号の一冊、「地球」第四十号（昭四〇・二刊）の扉詩（とびらし）に掲げられた折であった。

かかるよき日をいつよりか
われの死ぬ日と願ひてし

という終句の二行がその詩人の死の直後だっただけに、それは忘れていた記憶をもう一度、鮮明に蘇らせてくれた。文学作品には、それが成立した当時、ほとんど読者の注意を引かず、ずっと後年になって、何かの機会に突然その作品が見なおされて、初めてその作品自身が持っている本当の文学的感動が評価されるということはしばしばありうることである。

筆者は「雪はふる」の一篇によって、そうした実感としての詩の感動を再び味わわされることになった。それはこの一代の詩聖の死への哀悼という感傷的な情念によって多少は増幅された感動であるかもしれない。しかし、考えようによっては、実は従来見落とされがちだったこの一篇は、三好達治の戦中と戦後を区分する——『艸千里』以後の文語定型詩の一到達点であり、また戦後の『百たびののち』の世界への新しい予告となる——詩篇である。

†流寓の風景

「雪はふる」の一篇を鑑賞する時、この詩人の生涯について多少とも知識のある読者は、背景に戦中戦後の詩人の三国流寓時代を思い浮かべずにはいられないであろう。しかし、そういう作品の下部構造といえるような、詩人の生活的事実に立って、そこから作品を論じていくことは純粋な作品鑑賞をさまたげることになるかもしれず、作品はあくまでも作品自体のみに対象を限定して論じねばならない、という考え方もあるが、あえて、詩人の実生活を背景に置いて論ずる方法を用いながら「雪はふる」について論じていきたい。

「雪はふる」は最初、総題「断章　二篇」の一篇として、昭和二十一年八月に、「四季」再刊第一号に発表された。したがって、もう少し厳密に表記するならば「雪はふる」(「断章二篇」その二)とせねばならないであろう。

その初出では左のような詩であった。

海にもゆかふ
野にゆかふ
かへる心なき身となりぬ
すぎこし方をかへりみそ
わが肩の上に雪はふる
雪はふる
かかるよき日をいつよりか

われ死ぬ日と願ひたれ

この詩を詩人は詩集に収めるごとに補筆し、『定本三好達治全詩集』（昭三七・三、筑摩書房刊）においては冒頭に引いたような稿に定めた。

この改訂によって、詩はその韻律の上ではより流麗に、語法の上ではより厳密に、作品としての完成度が高められている。比較して論じるまでもなく、いかにもこの詩人らしい推敲ぶりである。

石原八束編の「三好達治年譜」（『三好達治全集』第十二巻所収）によれば昭和十九年三月十四日、福井県三国町（現、坂井市）出身で骨董に造詣の深い秦秀雄の紹介により、詩人は三国町を訪れ、同地へ移住することを決意した。

三月某日、小田原市十字町の寓居よりの発信で、大阪高校（旧制）から東北大学に転じた桑原武夫宛に次のような書簡を出している。

冠省　そのうち一度遊びに伺ひたし。先般御転居の際の梱包材料てきたうの価格にて是非譲りうけたし。乞御高配。

これは三国疎開を決意したための家財運搬用の梱包を作るためであった。月末、達治は萩原アイを伴って福井県坂井郡雄島村（現、坂井市）米ケ脇の森田家西別墅に居を定めた。彼はその前年、十一月、智恵子夫人と離婚していた。旧友吉村正一郎と桑原武夫がその法規上の証人だった。

この間の事情については桑原武夫の『詩人の手紙—三好達治の友情—』（昭四〇・一二、筑摩書房刊）と石原八束編の「三好達治年譜」との間には多少の時間的な相違がある。すなわち、「三好達治年譜」に拠れば、「五月妻子と協議離婚の上、萩原アイと結婚し、右の雄島村米ケ脇にて隠栖生活に入る」とあり、一方前記の桑原武夫の著書では、「三好は昭和十八年十一月に智恵子夫人と離婚した」「やがて翌十九年の三月、私は郷里の福井の新聞に、詩人三好達治氏夫人を伴って三国に疎開という記事を見出しておどろいた。それは夫人でなく、萩原朔太郎の妹愛子さんであった」とある。いずれの記載が事実に即しているかということは「雪はふる」において論ずべきでなく、いずれ伝記的研究が進めばこの間の事実は明らかになるであろう。要するに三国転住は萩原アイとの最初の新しい生活の出発であったことがわかればよい。

「Enfance finie」など一連の傷心を歌った彼の心は十数年後、ここに癒されるかに見えた。しかし、美神はこの孤独な魂の秘密を歌うべく運命づけられた詩人に、こうした幸福の日々を永遠に与えることを欲しなかったらしい。昭和二十年二月、萩原アイは三好達治のもとを去って群馬安中に疎開中の母のもとにもどった。詩人の本当の意味での三国流寓がはじまったのはこの時以後のことであるといっていい。

この間については、多田裕計の「小説・達治抄」（「新潮」昭三九・八）や、則武三雄の『三国と三好達治』（昭四〇・九、北荘文庫刊）で断片的に触れられている。萩原葉子の『天上の花』（昭四一・六、新潮社刊）はこの間の資料の伝ええない空白を虚構で埋めたものであろう。それは研究文献としての伝記ではなく〈小説〉として扱わねばならぬ問題である。

ともあれ、萩原アイとの新しい日々は一年ほどをもって終った。二月の北陸はまだ冬に閉ざされ早春の気配さえもない。北陸の海と空は重い鉛色に塗りこめられて、風と浪ばかりが詩人の独居に届くばかりであったろう。「雪はふる」が歌いおこされる背景はこうした流寓の境涯を無視しては語れない。

かつて、堀、丸山とともに創刊した「四季」の再刊第一号に詩稿を送るにあたって、この流寓の中にある孤独な魂の秘密を歌う「断章二篇」の小曲を選んだのは故なしとしない。同号に発表された「断章二篇」の他の一篇はこれも補筆の上「花の木かげ」と改題されて『砂の砦』に収められている。

色香(いろか)をとめて来(こ)し山の
花の梢(こずゑ)もうらがなし

わが人の世は暮れそめて
花の木(こ)かげもうらがなし

（「花の木かげ」）

流寓(りゅうぐう)の境涯にあっては、あの北陸の暗鬱(あんうつ)な冬が去った後の、春の花咲く季節も詩人にとっては〈うらがなしい〉風景としか映らなかった。

†すべてを失った悲嘆

「雪はふる」は文語七五調の琴歌(ことうた)風な古雅な小曲である。戦後の荒涼の中で「歌声よおこれ」の呼びかけに応じて多くの雑誌に新しい時代の叫びが歌われた時期に、この詩の旧(ふる)い様式は、新しい文学に眼を奪われていた読者の関心を、他に向けさせてしまっていたようだ。それらの大きな時代の波動の去った後で、もう一度、この詩を改めて分析してみると、そこには達治(たつじ)以外のなにものでもない詩が残されている。

作品を七五の韻律に従って整理してみると、次のようにもなるであろう。

海にもゆかな　野にゆかな
かへるべもなき　身となりぬ

すぎこし方な　かへりみそ
わが肩の上に　雪はふる　雪はふる

かかるよき日を　いつよりか
われの死ぬ日と　願ひてし

この詩は右のような三節の構成から成立し、第二節に五音の破調(はちょう)を加えて、そこに韻律の微妙な変化がある。「雪はふる」「雪はふる」は詩人の感慨をこめた畳句(じょうく)であると同時に、この詩の単純な韻律への転調をなしている。構成は一つの均衡ある序、破、急であることはいうまでもない。詩の格調ということに偏執的な執着を見せている詩人にとっては、この古格に範を求める構成は、特に得心のいくものであったに相違ない。

海にも行きたく、野にも行きたく、その思いのままに行きつく涯(は)てで、いまは帰るところもなき身となり果てた、という嘆きは、この三国流寓の、それこそ詩人の感慨以外のなにものでもない。「Enfance finie」や「アヴェ・マリア」の中に封じこめることによって忘れようとした若年の傷心を癒すべき新しき日々は、わずか一年足らずの短い生活の中で崩れ去った。

私の詩は
一つの着手であればいい

私の家は
毀れやすい家でいい

ひと日ひと日に失はれる
ああこの旅の　つれづれの

私の詩は
三日の間もてばいい

昨日と今日と明日と
ただその片見(かたみ)であればいい
（「枕上口占」）

『艸千里(くさせんり)』のこの巻頭詩「枕上口占(ちんじょうこうせん)」（寝床で口ずさんで文案を作る意）さながらに、新しい日々は「昨日と今日と明日と」の「ただその片見」となった。不惑(ふわく)（四十歳）を越えて、すべてを賭(か)けて、すべてを再び失った悲嘆は「かへるべきもなき身となりぬ」と詩人をして歌わしめたのである。それゆえ、

すぎこし方なかへりみそ
わが肩の上に雪はふる
雪はふる

の詩句は悲痛な調べを含んでいる。北陸の二月はまだ暗鬱(あんうつ)の冬である。「すぎこし方なかへりみそ」、この一句に詩人はそのすべてに詩的情感をおそらくこめているのではあるまいか。「すぎこし方」は単に旧妻との離婚、そして、萩原(はぎわら)アイとの三国への逃避行ばかりではない。

それは有馬の妙三寺（兵庫県三田市）の祖母のもとで育った折の記憶にある、あの青白い螢の光をも含めた一切の過去でなくてはならない。

†朔太郎の『氷島』の反響

詩人の師、萩原朔太郎は、

わが感情は飢ゑて叫び
わが生活は荒寥たる山野に住めり。
いかんぞ暦数の回帰を知らむ
見よ！　人生は過失なり。
今日の思惟するものを断絶して
百度もなほ昨日の悔恨を新たにせん。

（「新年」後半）

と、『氷島』（昭九・六、第一書房刊）で歌った。「見よ！　人生は過失なり。」の詩句は、達治の詩においては「すぎこし方なかへりみそ」に置き換えられている。

「わが肩の上に雪はふる／雪はふる」という詩句を読むごとに、筆者は和服の詩人が夜の雪の中に佇む姿や、その肩に降りかかる雪片の白い一ひら一ひらが眼に浮かぶ思いがする。そして、その姿は、また晩年の萩原朔太郎の像と重なっている。

詩人はその詩の中でいくたびも雪を歌った。しかし、この「肩の上の雪」はあの「太郎を眠らせ……」降り積む優しい宵の中の雪でも、また「頬白」における立場を一面にまばゆくしていた雪でもない。それは白いがゆえに一切の無に通ずる雪なのであり、死を誘う白さの雪なのである。「雪はふる」「雪はふる」と詩人は呟きに似た畳句を繰り返す。その呟きの消えたところから詩人は最後の二行の詩句を、詩人の日頃の詩の信条に従って歌いきっている。

かかるよき日をいつよりか
われの死ぬ日と願ひてし

雪の中に、雪に埋もれて死を願うとは単なる修辞ではない。読者はここで西行の歌を連想するであろう。「願はくは花の下にてわれ死なむ……」という芸術家の自己完成の決意のようなものを、である。しかし、あえて言えば、

空しく君を望み見て

百たび胸を焦(こが)すより
死なば死ねかし感情の
かくも苦しき日の暮れを
鉄路の道に迷ひ来て
破れむまでに嘆くかな
破れむまでに嘆くかな。

（「昨日にまさる恋しさの」後半）

という、かつて達治が否定した朔太郎のこの『氷島』の末尾の一篇は、「雪はふる」と反響するかのように符合している。「破れむまで」の「嘆き」が「われの死ぬ日と願ひてし」という詩句を歌わしめていないとはいえない。その違いは、「わが人の世は暮れそめて／花の木(こ)かげもうらがなし」と嘆ずる達治と、「破れむまでに嘆くかな」と慟哭(どうこく)する朔太郎の詩人としての資質の相違によるものである。そして「かかるよき日をいつよりか／われの死ぬ日と願ひてし」という終句は、達治の個人的生活の中にとどまらない、さらに広く普遍化された魂の嘆きにまで昇華している。

†〈完全な〉詩の完成

達治の三国流寓という生活に触れない一般の読者に与えるものは、古歌と同質の純粋な伝統的詩的感動である。達治は三国流寓の一切を語らず、その詩によって自己の個人的情感を普遍的情感に昇華し、歌いきった。読者は三国流寓の詩人の心情に未知でありながらも、孤独な魂の秘密を歌う詩人三好達治の姿勢をこの詩に読みとることができる。その人生への嗟嘆と、自然との同化への憧憬は、読者を詩の世界に誘いこむ。「かへるべもなき身となりぬ」という嘆きはそのまま読者自身の心情の投影として受け止められる。

「詩と詩論」以後の昭和詩が排除した韻律と歌を達治詩に発見することによって、読者は自己の詩的感動をはじめて身近なものとしえた。「雪はふる」はもちろん、昭和文学における新しい文学の知的な冒険という意味では何ほどのものもつけ加えていない。達治の関心はむしろ、それから離反した対極的な地点において、いかに完全な韻文としての詩を完成するかということにあった。「雪はふる」はその試みの中で果たされたほぼ完全な作品である。その完全さが、保守的な一般の読者の心情に深い詩的共感を呼び醒ましたのである。

三国流寓期におけるそれらの作品は、達治の文学的生涯にあっては、彼があれほど否定した朔太郎の『氷島』と同じ位置をしめるものである。「雪はふる」の一篇はその意味でも、達治の戦後の詩業の方向を決する作品となっている。

（『三好達治研究』昭四五 1970）

3

堀　辰雄

(1904–1953)

天使達が……………

天使達が
僕の朝飯のために
自転車で運んで来る
パンとスウプと
花を

すると僕は
その花を毟(むし)つて
スウプにふりかけ

パンに付け
そう（ママ）してささやかな食事をする

★

この村はどこへ行つても、いい匂がする
僕の胸に
新鮮な薔薇（ばら）が挿してあるやうに
そのせい（ママ）か、この村には*
どこへ行つても犬が居る

★

西洋人は向日葵（ひまはり）より背が高い

★

ホテルは鸚鵡（あうむ）
鸚鵡の耳からジユリエツトが顔をだす

しかしロミオは居りません
ロミオはテニスをしてゐるのでせう
鸚鵡*が口をあけたら
裸の黒ん坊*がまる見えになった

軽井沢にて 1926*

（昭二 1927・二「驢馬」第九号初出、『堀辰雄詩集』昭一五・一〇）

*そのせいか、この村には――『堀辰雄詩集』などでは、「そのせゐか この村には」。
*鸚鵡――第四章末尾は軽井沢ホテルのロビーで飼われていた鸚鵡の軽妙なスケッチ。
*裸の黒ん坊――鸚鵡の黒い舌のこと。『堀辰雄詩集』などでは「黒ん坊」。
*軽井沢にて 1926――『堀辰雄詩集』などでは「軽井沢にて」。

†前衛的な詩

昭和二年二月、堀辰雄（ほりたつお）は雑誌「驢馬（ろば）」第九号に「天使達が…………」というフランスの詩人ジャン・コクトオを思わせる軽妙な詩を発表した。

いかにも軽快な機知に富んだ主知詩である。末尾にある「軽井沢（かるいざわ）にて 1926」という添え書きが、この詩に文学的リアリティを与えている。昭和二年、「詩と詩論」の創刊以前にこういう詩が、後に「詩と詩論」の中核となる芸術前衛的な文学グループとは別な位置で書かれていたということは、昭和詩史を考える上に記憶されてもよいことである。そういう芸術的前衛の理念は後年の「四季」創刊の場合にも、形こそ変わったがそのまま基調となっている。

「四季」は堀辰雄にとって彼の文学を培養する土壌の役割を果たすはずだった。外国人宣教師団によって開発された軽井沢は、彼にそういう精神の冒険を可能にする場所という形で受け入れられた。東京の下町育ちの彼の眼の前に突然展開した外国映画のような世界・軽井沢に対して、彼は反発のようなものは持たなかった。そのような中途半端な劣等意識を持つには、彼はあまりに素直な感受性と知的好奇心に富みすぎていた。

この詩は三年後、再び次のような形で、小説「ルウベンスの偽画（ぎが）」の中に挿入されている。それは次のような形であった。

彼は客間の窓から顔を出して中庭に咲いてゐる向日葵（ひまわり）の花をぼんやり眺めてゐた。それは西洋人よりも背高く伸びてゐた。

ホテルの裏のテニス・コオトからはまるで三鞭酒（シャンパン）を抜くやうなラケツトの音が愉快さうに聞えてくるのである。

彼は突然立上つた。そして窓ぎはの卓子(テエブル)の前に坐(すわ)り直した。それから彼はペンを取りあげた。しかしその上にはあいにく一枚の紙もなかつたので、彼はそこに備へ付けの大きな吸取紙(すひとりがみ)の上に不恰好(ぶかくかう)な字をいくつもにじませて行つた。

ホテルは鸚鵡(あうむ)
鸚鵡の耳からジユリエツトが顔をだす

……………
……………

†堀辰雄の〈軽井沢〉

そして、この詩のイメージは更に八年後、小説「聖家族(せいかぞく)」や「美しい村」「物語の女」を書きあげた後まで続いている。昭和十年の「匈奴(ふんぬ)の森など」（昭一〇・一「新潮」第三十二巻第一号）ではこの自転車に乗った天使達のイメージが蘇(よみがえ)っている。

毎朝、自転車に乗つた少年達が、手紙だの、花だの、麺麭(パン)だの、野菜などを、そんな丘の上まで運んで行きます。が、その少年達の中には、誰ひとりその丘の一番てつぺんにある別荘まで自転車を乗りつけられる者はありませんでした。みんな中腹まで来ると、自転車から降りてそれを上まで両手でもつて押して行きます。しかし、或る夏のこと、その丘の一番てつぺんにある別荘に、一人の可愛らしい金髪の少女のゐる一家が住んでゐたことがありました。その金髪の少女は毎朝いつも真白なワンピイスを着て、自転車にのつて手紙などを出しに丘を非常な速力で下りて来ますが、その少女は帰りにもそれと殆ど同じやうな速力で、その丘のてつぺんまで一気にすうと上つて行つてしまふのでした。少年たちは、野菜や、麺麭などを一ぱい積んだ自転車に手をかけたままみんなぽかんとして、花の咲いた藪のなかに見る見る消えてゆくその真白い後姿をいつまでも見惚れてゐるのでした。彼等の中には「あれが天使といふものではないだらうか？」と云ひ出すものもありました。その少年は、いつだかその少女が自転車で通り過ぎた跡に、鳥のにしては少し大き過ぎる、真白な羽がいくつも落ちてゐるのを見たといふのでした……

堀辰雄の最初の軽井沢体験は、右のように長くその主調音となって作品の低音部を奏でていた。しかし、この「天使達が………」「ルウベンスの偽画」「匈奴の森など」の〈軽井沢〉は、現実の軽井沢を描いたものではない。それはあくまでも堀辰雄の〈軽井沢〉なのである。

私のこれまで書いて来たものは所謂（いはゆる）「私小説」と呼ばるべきものであるかも知れないが、私はつひぞ一度も、私小説本来の特性であるところの、他人の前に何もかも告白したいといふ痛切な欲求からそれを書いたことはなかつた。私はむしろ漠然と、わが国特有とも云（い）ふべき、その種の小説の小ぢんまりした形式が自分には居心地よいやうな気がしたので、それに似た形式の中で自分勝手な作り事を書いてゐたのだ。私の作品は——といつて悪ければ、それらの作品を書いた感興の多くは、——フィクションを組み立てることにあつた。私は一度も私の経験したとほりに小説を書いたことはない。

（「小説のことなど」一、昭九・七「新潮」第三十一巻第七号）

右は堀辰雄の文学の理解のための非常に重要な発言である。彼の〈軽井沢〉はその作品の中で繰り返し繰り返し変奏される音楽のように長く彼の文学を支えていくのであった。

（『「四季」とその詩人』昭四四 1969）

4　立原道造（1914–1939）

爽(さは)やかな五月に[一]

月の光のこぼれるやうに　おまへの頰(ほほ)に[二]
溢(あふ)れた　涙の大きな粒が　すぢを曳(ひ)いたとて
私は　どうして　それをささへよう！[三]
おまへは　私を　だまらせた……[四]

《星よ　おまへはかがやかしい[五]
《花よ　おまへは美しかつた
《小鳥よ　おまへは優しかつた
……私は語つた　おまへの耳に　幾(いく)たびも[六]

立原道造

一　爽やかな五月に　総題『優しき歌』として清書され、太田道夫にあずけられていた遺稿の第一番。

二　おまへ　この人称代名詞は愛する少女を指している。この「おまへ」をそのまま現実の水戸部(みとべ)アサイとするのは疑問がある。むしろ、彼女を媒体にした立原の詩の中の少女と解したい。事実は絶えず詩化されずにはいないという立原の詩人の思想を踏まえて解釈すべきであろう。

三　私は　どうして　それをささへよう！　指示語の「それ」は「おまへ」の涙を指す。ここは突然泣き出されてしまったための私の心理的狼狽(ろうばい)の表現。この詩句を解するためには草稿「優しき歌」（それを　私は　おもひうか

だが　たつた一度も　言ひはしなかつた[七]
《私は　おまへを　愛してゐる　と[八]
《おまへは　私を　愛してゐるか　と

はじめての薔薇（ばら）が[九]　ひらくやうに
泣きやめたおまへの頰（ほほ）に笑ひがうかんだとて[一〇]
私の心を　どこにおかう？[一一]

（昭一四1939・五「四季」第四十七号初出。
『優しき歌』昭二二・三）

五　《星よ　おまへは　ここは三句並立する対句的手法での私の言葉。

六　幾たびも　ここは「おまへの耳に幾たびも《……　と……　私は語った」の倒叙法。

七　言ひはしなかつた　ここはことばで愛を確かめたのではなく、愛のくちづけによって確かめたことの暗示的表現。それによって第一連の「涙」と「だまらせた……」の

べる）を参照すれば、その疑問は解けるだろう。この詩は「草に寝て……」の時間の回想であった。

四　だまらせた　ここは第二連・第三連の時間の直後のもの。「……私は語った」の後に「私を　だまらせた……」が来る。映画のカット・バックの手法を用いた構成である。「だまらせた」のは思いがけないおまえの涙だったのだが、この詩句は第三連の「言ひはしなかつた」の詩句と照応し、くちづけされたおまえは泣き出し、私はそのおまえの涙に驚きことばを失っている。そういう心理の詩的表現である。第一連・第四連の時間の間に第二連第三連の時間が挿入される。

語の意味が明瞭になる。第一連の詩句に照応する。

八　私は　おまへを　愛してゐる　と　ここは第二連と同じ作中のことばだが、実際には語られていない。ヴェルレーヌの『やさしき歌』7「私はあなたを愛す、私はお前を愛すと」（『ヴェルレエヌ詩抄』堀口大学訳、昭二・二、第一書房刊）にその原詩句

がある。作中にことばが挿入される詩はヴェルレーヌの詩にある。その『やさしき歌』の影響というよりも、その詩集から自由に詩句を摂取して新しい自己の詩を創造する立原的な詩法に拠ったものである。

九　はじめての薔薇が　その年の最初に咲く薔薇のような初々しさの比喩。リルケの『旧詩集』の詩句「はじめての薔薇が眼ざめた。」（茅野蕭々訳）の摂取。茅野訳『リルケ詩抄』（昭二・三、第一書房刊）の「民謡」「石柱の歌」などの題名はそのまま立原の詩名に用いられている。

一〇　笑ひがうかんだとて　ようやくおまへの心が鎮まって笑いが浮かんだといってもの意で、「だまらせた……」にある時間の経過を置いて直結する詩句。

一一　私の心を　どこにおかう？　新しい愛への不安と惑いに自分の心の置き場所を自問する心理的な告白の詩句。新しい愛への不安とためらいは『優しき歌』第五番までの大主題で、その愛が真実の愛であるかと自らに問いかけ、その純化によって不安とためらいを超克しようとする。この詩句はその大主題を要約するもの。

†《五月の愛》

「爽やかな五月に」は「草に寝て……」（昭一三・八「むらさき」八月号）と同一モチーフによる十四行詩であった。この十四行詩は「草に寝て……」の発表の後、このころ、彼が計画していた新しい詩誌「午前」と、恋人の水戸部アサイに与えるべき新詩集『優しき歌』のために書きおろされた詩編である。

ここでは「六月の或る日曜日」（「草に寝て……」）という現実の時間は、その設定が《五月》に移し変えられている。彼は新詩集の第一番に置かれたこの十四行詩の時間を《五月》に繰り上げた。《五月》であることで、この作品は初めて十全に輝くのだということを直感的に彼は知っていた。事実、「爽やかな五月に」は《五月》であることによって《五月の愛》を読み手に定着させる。「草に寝て……」以後の詩は、かつての少年期の愛の追体験ではない。現実の現在進行中の愛の中から歌い起こされる。そのためにも生命の輝きの《五月》でなくてはならなかった。

「はじめての薔薇(ばら)が　ひらくやうに」愛もまた……である。この詩句は彼が愛読していた茅野蕭々(ちのしょうしょう)訳『リルケ詩抄』(昭二・三、第一書房刊)中の「旧詩集」収録の作品「はじめての薔薇が眼ざめた」の詩句に拠(よ)る。ちなみにその茅野訳を挙げてみる。

はじめての薔薇(ばら)が眼ざめた。
その匂(にほひ)は臆病(おくびやう)に
ごく小声の笑(わらひ)のやう。
燕のやうな平らな翼(つばさ)で、
さつと日をかすめた。

そしてお前の側では

未だ凡(すべ)てが気づかはしい。
ものの光もおづおづと、
どの音も未だ馴(な)れないで、
夜は新らし過ぎ、
また美は羞恥(はぢらひ)だ。

――ライネル・マリア・リルケ「はじめての薔薇が眼ざめた」第一連〜第三連、『旧詩集』

『リルケ詩抄』が彼の愛読書の一冊だったことを考えれば、「爽やかな五月に」は「草に寝て……」を一度、このリルケの「はじめての薔薇が眼ざめた」によって濾過(ろか)することで、六月五日（日曜日）の体験が、別なもう一つの十四行詩となったという仮説も考えられる。『萱草(わすれぐさ)に寄(よ)す』における『新古今和歌集(しんこきんわかしゅう)』の摂取をも考えれば、『優しき歌』もまた『リルケ詩抄』を、非常に自由に摂取することも、これは十分ありうるはずだ。事実、この詩集の第五番「また落葉林で」は、かつて彼が『リルケ詩抄』に倣(なら)って訳した「愛する　リルケの主題によるヴアリエエシヨン」（昭一〇・五「四季」第八号）のXXの、

人は言ふ　秋が来た　日は慌(あわただ)しく
血を流して死んで行つたと
たそがれに　花は　お前の歪(ゆが)んだ帽子の上で
まだ明るく　ただかすかに燃えるばかりだ
道には　お前と僕のゐるばかり　お前はしづかに僕に手をおしつける　それはすりきれ
　た手袋だ
お前はたづねる　旅に行くの　と――　おお僕は行くんだよ
お前は立つてゐる　僕の外套(ぐわいたう)に小さな頭を埋めて　頭には別れの言葉がいつぱいだ
帽子から赤い薔薇(ばら)がうなづいてゐる　日暮れはもの憂(う)げにほほ笑(ほほゑ)んでゐる

――立原道造訳「愛する」

にその原型を求めることができる。いわば、これも本歌取(ほんかど)りというべきだろう。それは単に詩の技法にとどまらず、自らが訳したリルケの詩によって自己の人生を演じたとも考えられる。このヴェレルルーヌの詩集と同名の書名を冠した最後の詩集『優しき歌』は、モチーフこそヴェルレーヌ的ではあるが、その詩集そのものはヴェルレーヌ的であるよりも、リルケ的ではないだろうか。

ただし、この詩集も全編を一つの楽曲風に構成している。それはフォーレ作曲のヴェルレーヌ詩による *La Bon Chanson* に拠るためで、彼は三冊目の詩集をフランス近代歌曲風な一冊となるように構想していた。

†時間の操作によって生み出された心理劇

さて、この心理ドラマとしての「爽やかな五月に」はその時間軸が問題である。実は、この十四行詩の第二連・第三連は時間軸の上で、第一連の直前にあり、第一連の時間はそのまま第四連に直結している。これは小説や映像メディアの作品としてごく常套的なカット・バックの手法なのだが、詩においてそれを意識的に用いて心理ドラマを構成して見せたところに立原の知の冒険があった。そうした時間軸によって詩編を読んでみると、この詩は「草に寝て……」では十分に意を尽くしていなかった心理ドラマが完全に詩化されている。もちろん、リルケの詩による《五月》という虚構の設定もこの心理ドラマには重要な舞台背景――つまり、俳句における「季語」的な役割を果たしていることもわかる。

このようにして改めて読んでいくと、第二連・第三連の詩句において、告白すべき愛を前にして逡巡する詩人の心理が、鮮明な青春像を通じて歌われている。それは確かに日本の近代文学の重要な主題である貧困、病苦、失恋、疎外感の青春像からは遠いであろう。しかし、それはまた、読み手にも共存する普遍的な青春像の中のある時間でもある。そして、第一連は、その時間の中での均衡を詩人が自ら破った後の内的告白であった。その内的告白は現在の時間軸のものである。「私は　どうして　それ（おまえの涙）をささへよう！」にはこの時間の均衡を自ら破った詩人の狼狽そのものも告白されている。それから「私」の沈黙の時間。詩はここで第四連に眼を移そう。

「はじめての薔薇が　ひらくやうに」という比喩はリルケの詩句よりの本歌取りではあるが、比喩としていかにも魅力ある日本語になっている。「泣きやめた」という動作のこの比喩は一つの新しい感性を示したものとして、散文の感性に慣らされた者には新鮮であったに違いない。

　具象の感性化によって、その「笑ひ」が美しく初々しければ初々しいほど、「私自身はいま始まったばかりの愛の行方に怖れと迷いを深めるばかりなのだ」という詩人の内的告白が、「私の心を　どこにおかう?」という一行の詩句となっている。これは心理の黙劇だった。――と同時に、「爽やかな五月に」の最終句の一行は、立原を詩集の第五番「また落葉林で」へと導き、残り少ないその生命を削る日本縦断に旅立たせることとなった。その時、彼の詩の演技は演技のまま、その生の時間と引き換えに彼の真実となった。
「爽やかな五月」は、魂の対話を詩の理念とした彼の新しい最後の詩風を展開した一編であり、そして、「草に寝て……」は青春讃歌である以前に、この心理ドラマの詩の序奏(じょそう)をなす十四行詩だった。

(「立原道造論」『立原道造詩集』平元 1989 ／脚注＝同上)

また落葉林(らくえふりん)で 一

いつの間に　もう秋！　昨日は
夏だつた…… 二 おだやかな陽気(やうき)な
陽(ひ)ざしが　林のなかに　ざはめいてゐる 三
ひとところ　草の葉のゆれるあたりに 四
おまへが私のところ 五 からかへつて行つたときに
あのあたりには　うすい紫の花が 六 咲いてゐた
そしていま　おまへは　告げてよこす

一　また落葉林で　「また」は『優しき歌』第二番「落葉林で」と同じ場所に来ての意。「落葉林」は信濃追分(しなのおいわけ)のカラ松の人工林と想定される。そこは初めて愛を告白した日の夕暮れ、語り尽くした二人にとって忘れ難い場所。この詩は多分にジイドの『狭き門』に触発されている。

二　いつの間に　もう秋！　昨日は／夏だつた……　この詩句、ボードレールの「秋の歌」の「昨日は夏を、そして今日は秋を！」(『ボードレール全集Ⅰ』阿部良雄訳)によっている。油屋(あぶらや)に同宿した中村真一郎(しんいちろう)の右の詩の朗読に想を得た

私らは別離（べつり）に耐（た）へることが出来る　と七
澄んだ空に　大きなひびきが
鳴りわたる　出発のやうに八
私は雲を見る　私はとほい山脈（やまなみ）を見る九

おまへは雲を見る　おまへはとほい山脈を見る
しかし一〇すでに　離れはじめた一一　ふたつの眼ざし……
かへつて来て　みたす日は一二　いつかへり来る？一三

（昭一四 1939・五「四季」第四十七号初出。
『優しき歌』昭二二・三）

もの。
三　ざはめいてゐる　初秋の木洩（も）れ日が林の中で風のために揺れ動いている状態で、「陽ざしが……ざはめいてゐる」という活喩（かつゆ）による詩的表現。
四　草の葉のゆれるあたりに　この詩句は「うすい紫の花が咲いてゐた」の詩句の修飾語。かつてを回想する詩句。
五　私のところ　私のいるこの落葉林である。
六　うすい紫の花　タムラソウ、ヒメゴダイのようなキク科のアザミ属の花が想定される。
七　別離に耐へることが出来る　と　この詩句は倒叙（とうじょ）。うすい紫の花が咲いていた日、私はおまえに遠い旅立ちを伝えた。それに対して帰京後のおまえが「私らは別離に耐えることが出来る」と手紙で告げてよこした―と解するのだが、この詩句にはリルケの「愛する」XXの「お前はたづねる　旅に行くの　と――／おお僕は行くんだよ」（立原道造訳）が表現しなかった下部構造を意識した上での詩句。
八　大きなひびきが／鳴りわたる　出発のやうに　この詩句も「秋の歌」の「この不可思議な物音は、出発のように鳴り響く」（『ボードレール全集I』阿部良雄訳）によったもの。したがって「大きなひびき」は具体的な音響ではなく、ボードレールの詩句から導き出された詩句。
九　私は雲を見る　私はとほい山脈を見る　ここは第四連の第一行の詩句と対句をなしているが、おまへと私が並んで雲や山脈を見ているのではなく、この対句はおまえと私の在るべき姿の暗喩。この対句のように現在は私らはこの高原と東京と別々なところにいるはずだ。「告げてよこす」という詩句からそれがわかる。したがって、この対句は私において想像された情景であり、ヴェルレーヌの『やさしき歌』4の「夢みんいざや二人して」『ヴエルレエヌ詩抄』（堀口大学訳、昭二・二、第一書房刊）を意識した詩句である。
一〇　しかし　この逆接の接続詞はおまえと私が一つのものを見ていながらしかしの意。
一一　離れはじめた　ともに同じものを見、同じことを思う、あるべき姿から離れはじめたの意で、ここは私はすでに旅立ちを思っていたの意味の「離れはじめた」である。
一二　みたす日　私らの幸福感を満たす日。
一三　いつかへり来る？　疑問符が付してあるが、自問の形をとった詠嘆で、未来への漠然とした不安を表している。

†『優しき歌』の成り立ち

この『優しき歌』第五番に収められた「また落葉林で」は、昭和十四年五月発行の「四季」第四十七号（七月号）立原道造追悼号に遺稿『優しき歌』として現行の構成と同じ配列で並べられた五篇中の「V」として発表されたものである。その後山本書店版『立原道造全集』の中に〈遺稿〉として、その後に発見された「優しき歌─序の歌─」を加えて収録された。これが「また落葉林で」の初収本である。この初収の際に第三連三行目と第四連一行目の「とほい山脈を見る」の「脉」が「脈」に改められた。以後飛鳥新書本、角川版の二種の全集および諸本すべてこの山本書店版全集の用字に倣っている（ただし、筑摩書房版全集「脉」）。

『優しき歌』の連作はおそらく昭和十三年の六月前後より構成され、同年八月十一日、追分油屋に滞在、翌九月六日帰京するまでの二十七日間に制作されたものである。この間にこの連作十四行詩集の主題的統一や、その作品の完成度の比較などによって捨てられたいくつかのヴァリアント（異文）があったことは想像に難くない。この十四行詩の各篇が一冊の詩集としてまとめられていったのは、八月より九月にかけての立原の日記・書簡、およびこの時期における回想文などの記録を照合して八月下旬のことと思われる。

八月十九日、立原はこの連作のⅥ・Ⅶに当たる「朝に」「また昼に」を「優しき歌」（一「朝に」・二「また昼に」）として「四季」に発表すべく送稿している。これらの詩篇はその翌々月発行の「四季」第四十号に発表された。同じく二十日前後に連作「風に寄せて」の五篇を浄書、「コギト」発行所に送稿している。

これらの事実を総合すると、立原はこれらの雑誌への原稿を送稿し終わった二十一日以後に第三詩集の制作にかかったと思われる。それは一篇ごとに書かれた草稿から、一冊のスケッチブックに一つの統一した主題のもとに改めて有機的な構成によって配列することである。こうして出来上がりつつあった詩集は、中村真一郎の回想によれば、頁ごとに詩が書き写され、それぞれに立原のデッサンが描き入れられていた。

この「また落葉林で」の一篇は八月二十八日、千ガ滝の山荘から油屋に移って来た中村真一郎が所持していたボードレールの『悪の華』の一冊から想を得たものだという。「いつの間に　もう秋！　昨日は／夏だった……」「澄んだ空に　大きなひびきが／鳴りわたる　出発のやうに」という詩句がその痕跡だった。

森公児によって発見された遺稿詩の中の一篇の「径の曲りで」の解説では、この詩と「また落葉林で」との類似を指摘した上で、この詩の草稿の下段に「また落葉林で」が書かれていることから、「径の曲りで」を同じ時期の制作にかかるものと推定している。おそらく遺稿詩の「径の曲りで」は八月二十八日以前に一応完成していたが、立原は『悪の華』を読んでいるうちにそのフランス語の詩句の中に一篇の主題にふさわしい詩句を発見したことによって、さきに完成した「径の曲りで」を捨てて、あらたに「また落葉林で」を制作して、『優しき歌』の第五番としてそのスケッチブックに浄書したのであろう。その浄書の終わった段階で、この二篇の詩の書かれてあった草稿は廃棄されたものと推定される。この遺稿詩のなかにある三篇の「優しき歌」も同じような過程を経て捨てられたヴァリアントであろう。

こうして九月六日までに完成した『優しき歌』のノートについて、中村真一郎は、追分に立原を訪れて来た水戸部アサイに与えられたのではないかと推定している。したがってこの一冊の制作過程を考えてみると、配列の順に制作されたということは、さきの二冊の詩集『萱草に寄す』『暁と夕の詩』の例を見てもまったく考えられない。

　完成した詩稿のうち、さらにその前半の第一番より第五番までを原稿用紙に書き写し、新しく創刊される雑誌「午前」の創刊号に発表するために、その同人に予定された太田道夫に九月六日帰京後に手渡していたものが、「四季」追悼号に遺稿として発表されたのであった。

　この詩稿ノートの存在は当時中村真一郎、小場晴夫にしか知られておらず、山本書店版全集では、死後に発見された「序の歌」を加えた六篇は一括され、残る三篇は単独の作品の遺稿として収録され、また既発表の二篇は、『暁と夕の詩』に続く定稿として収録された。この『優しき歌』の成立は中村真一郎の回想的評論「優しき歌―立原道造の追憶―」（昭二二・一一「午前」第五号）に詳しい。森公児の新資料解説はこの『優しき歌』の構成に新しい疑問を投げかけたものであったが、中村真一郎は復刊「四季」第三号の座談「立原道造」の中でこの疑問に答えて、中村の考えによって『優しき歌』が構成されたのではないと否定している。立原は八月二十一日から九月六日にかけて『優しき歌』を完成して、深沢紅子の個展を見るために六日に帰京している。諸記録を照合した上でこれはまず疑う余地のない事実である。

†標題・「私」・「山脈」の読み方

さてこの詩の表題「また落葉林で」については従来二様の読み方がある。遺稿として発表されて以来、それはいつも読み手によって二様に読まれてきたのであろう。この標題にはじめて読みを付した神保光太郎編の白鳳社版流布本では「おち　ば　ばやし」と訓じている。これに対して中村真一郎編の角川文庫版流布本では「らく　やう　りん」と訓じた。もっと正しくは「らく　えふ　りん」と表記するべきである。初出から読み仮名などなかったこの標題はどちらに読んでも誤りはないであろう。しかし、いま立原の詩法や用語から考えると、「おちば　ばやし」という短い語の中で濁音の二度繰り返される読み方を立原が好んだかどうかということはどうも疑問に思われる。なによりも詩の音楽性を重視した立原は「ば」という濁音の連続をそのまま黙許できたであろうか。他の用例を検討してみて、ここはやはり「らく　よう　りん」という、より軽快で音楽的な読み方をとることがより詩人の意図に添えるように思われる。

ただし、立原がその作詩の上で漢語をさけて和語による作詩を常に主張したということから考えれば、「落葉林」を音読でなく、訓読する方が詩人の意図により近いという説も考えられよう。しかし、立原はつねに和語のみで作詩しているわけではない。たとえば、その詩の中には「予覚」とか「悲哀」とか「晴夜」とかいう漢語がきわめて何気なく用いられている。漢語の用例こそ少ないが『優しき歌』といえどもその例外ではない。「追憶」「別離」「食事」「幸福」等を挙げることができる。とすると必ずしも和語にのみ終始していたということは、根拠とするに弱くなる。できるだけ漢語を避けて作詩したいという意図と、「落葉林」をその発音の音楽性から「らく　よう　りん」と音読することはなんら矛盾することではない。

これは標題の読み方であるが、その詩の中の一人称も立原は「僕」「私」「わたし」「己（おのれ）」を四通りに使いわけている。「僕」「己」の読みについてはまず問題がない。しかし「私」を「わたくし」と読むか「わたし」と読むかについては多少問題がある。

「私」を「わたし」と区別して読ませる例としては、「雨の言葉」という作品の中で「私」を用いず「わたし」と仮名書きにしていることが挙げられる。ただし、作曲された十四行詩の「私」をどう読むかという野村英夫（ひでお）の疑問に答えて――その時、詩人はすでに物故（ぶっこ）していた――、堀辰雄（ほりたつお）はどちらでもよいが「わたし」と読んだらよいであろうと答えている。立原は自作の朗読の際「私」を「わたし」と読むことがあったのではないか。堀辰雄はその折の記憶を耳に止めて「わたし」を採ったのであろう。「私」と「わたし」を区別して用いていたというには用例が余りに少なすぎる。語法の上から、「わたくし」に対応する二人称は「あなた」であろうし、「わたし」に対応する二人称「おまえ」と考えてもいい。「あなた」という用例は「みまかれる美しきひとに」という作品だけにある。

しかし、ここで対応する一人称に用いられているのは「僕」であって、語法一般の「わたくし」「あなた」の用例にはならない。これらを総合して見ると「私」をあえて「わたくし」と読まねばならぬ根拠はなさそうである。「私」は「わたし」と立原の場合慣用的に読んでもよいであろう。

もう一語、第三連・第四連にある「山脈」は「さんみゃく」と字音で読まず、こちらは「やまなみ」と和訓で読みたい。「旅装」という作品の中で「山なみに」の語が見えることからもここは「やまなみ」が妥当であろう。

「また落葉林で」の漢字、漢語の読み方では以上三点以外に問題とするべき点はない。この第五番の詩に「また」とつけられたのはすでに第二番に「落葉林で」という題名が用いられていたからである。

†秋の別れ

第一連四行は高原の早い秋の情景が歌われている。「いつの間に　もう秋！　昨日は／夏だつた……」という詩句は、前述の通りボードレールの *Les fleurs du mal*（『悪(あく)の華(はな)』）の中より *Chant d'automne* I（「秋の歌」）の最終連の詩句、«C'était hier l'été; voici l'automne!»（「昨日は夏を、そして今日は秋を！」（阿部良雄訳））より想を得たものである。立原はこのボードレールの詩句を彼の詩想の中で分解して、まったくその原詩とは質を異にした、ボードレールとはまったく別な抒情詩に仕上げてみせた。

「四季」の詩人津村信夫もその「抒情の手」を書くにあたってこの「秋の歌」に想を得たと推定される。「さらば、束の間の強き夏の光よ」は生前、津村信夫の鍾愛する詩句であった。兄、津村秀夫は信夫の死後に刊行された最初の全詩集にこの詩句を用いて『さらば夏の光よ』とした。それは故人となった詩人の愛する詩句であり、また短く輝かしい浅間高原の夏への言葉でもあり、同時に編者津村秀夫の愛弟信夫に対する愛情をこめた詩句でもあった。

中村真一郎が千ガ滝の山荘より所持して来た原書の『悪の華』の頁の中から「秋の歌」を見出した立原は、津村信夫と同じく彼なりの「秋の歌」を歌いあげたのではなかったか。その際、この原詩は一度、津村の「抒情の手」に屈折して、「また落葉林で」の十四行詩に定着したことも考えられてよいであろう。そうした構想がまとまった時に「径の曲りで」は当然捨てられる詩篇となった。

――となると「また落葉林で」は関鮎子との別離による愛の落日を歌った詩篇というような伝記的事実を、この詩に想定して考えるということはまったく意味のないことであって、立原はあらかじめ「秋の歌」という主題を設定し、この原詩の「秋の歌」との間に一種の和音を構成したのである。

立原にとってはいかにして秋の別れという題詠を十四行詩に作りあげるかということが、この詩の制作にあたっては優先していたのであろう。そのために立原はまず第一連に浅間高原らしい――立原の詩においては当然そうなのだが、浅間高原だという固有なものをあらわす詩句はどこにもないのであえて「浅間高原らしい」という表現を用いた――高原の早い秋の情景を歌っている。「いつの間に　もう秋！　昨日は／夏だった……」で改行になる詩句はもちろん「いつの間に　もう秋！／昨日は　夏だった」という一つの文になる方が自然である。しかし、立原が「昨日は／夏だった……」と不自然な改行をしたのは、「昨日」と「夏」がこの改行によって強い印象を読み手に与えるための修辞である。そうした用例は「はじめてのものに」にも「わかれる昼に」にも指摘できる。

†別離に耐える愛

第二連では、夏の日々の回想が、情景と心情が奇妙に融合しながらうたわれる。「あのあたりには」の「あのあたり」はもちろん「ひとところ　草の葉のゆれるあたり」である。ここまで読んでみるとはじめて、夏の日に咲いていた紫の花々を失った秋の草の葉のゆれるあたりの寂寥(せきりょう)が浮かびあがってくる。そういう寂寥の情景の中でこそ、「私らは別離に耐(た)へることが出来る　と」という詩句が詩的効果を十分に発揮しうる。この「別離」の意味を考え

るために立原ノート「火山灰」を引用して見ると、

八月二日

ゆふべおまへに、けふは僕が長いこと東京にゐなくなるといはなくてはならない。おまへの四日間の旅をどんなに長くおもつたか。しかし僕はすくなくとも一月はあの古い村に行つてゐる。それがおまへにどれだけの長さにおもへるだらうか。

*

おまへはもうおまへの旅に出てゐるだらう。僕の知らないおまへの田園。

そしておまへがかへらない先に僕は旅に出るだらう。

そしてもう長いこと会へないのだ、秋まで。秋は、そして、長いことかかつてやつて来る。

夕ぐれになつてしまつた。長いかげが僕のまへにある。たうとうおまへは来なかつた。

それだけおまへの怒りを僕は感じる、身体ぢゆうで。

そしておまへはほんとうに(ママ)さびしく旅に立つて行つたらう、おまへのふるさとの田園へ。

僕はおまへに、しかし、手紙を書くことが出来ない。

というような記載がある。八月二日、立原は水戸部(みとべ)アサイに追分(おいわけ)滞在を告げているのだが、それとおなじ頃、彼女もまた四日ほど、郷里の栃木県藤岡町赤麻(ふじおかまちあかま)へ帰省することになっていたらしい。立原は中村真一郎への手紙で八月六日追分に行くことを約束している。しかし、六日の出発は延ばされた。おそらく六日に帰省する水戸部アサイとどこかで落ち合ってそれぞれ出発するようなことが予定されていたのであろう。立原はその約束を自ら破った。約束の時刻になっても姿をあらわさない立原を案じて、水戸部アサイが立原の家を訪問するということを立原は期待した。しかし、期待のように彼女はあらわれず、そのまま帰省した。この「火山灰」の八月二日以後の記載を論理的に追ってみると右のような事実となるであろう。「私らは別離に耐(た)へることが出来る」という詩句には、あるいは以上のような出来事が立原に与えた心情が、ひそかにその詩句の中に隠されていないとも限らない。水戸部アサイが読者となってこの詩句を読んだとき、彼女にだけわかる立原の心情であったかもしれない。しかし、これは詩を事実の中にそのまま還元して読むことではない。この事実を知ると、この詩句は〈より深い愛の誕生のために私たちは一時の別離に耐えることが出来る〉という風に解釈できる。それは冷やかな別離の言葉ではなく、もっと耐えた愛を含む言葉なのである。

†愛の懐疑

詩は一転して、前半の描写的な物語的なものから、情緒的な音楽的なものに変わっていく。「澄んだ空に　大きなひびきが／鳴りわたる　出発のやうに」という詩句は、ボードレールの《Ce bruit mystérieux sonne comme un départ.》（「この不可思議な物音は、出発のように鳴り響く」（『ボードレール全集Ⅰ』阿部良雄訳））を踏まえたものである。この「出発（デパール）」は単なる出発でなく「出棺」の意味らしいと中村真一郎は帰京後の立原（たちはら）に教示したが、その時にはすでに詩は完成していた。立原にとっては「出発」でよかったのである。原詩の正確な意味での「出棺」はもう不必要だったのだ。「大きなひびきが　出発のやうに　鳴りわたる」という「出発のやうに」という比喩の新鮮さが生まれれば、原詩の意味が誤用されていようとも少しも意に介す必要はない。それは立原のフランス語力の貧弱さをいうことではない。

立原はその一カ月後に書いたエッセイ「風立ちぬ」の終章でも再び次のように用いている。

> 大きな響が空に鳴りわたる、出発のやうに。何のために？　聞くがいい。……僕らは今はじめて新しく一歩を踏み出す。《風立ちぬ》としるしたひとつの道を脱け出して。どこへ？　しかしなぜ？　光にみちた美しい午前に。

この文を書いた時点で立原は中村の教示によって「出発（デパール）」が「出棺」の意だということはすでに承知していたはずである。そしてその上で「出発のやうに」と用いている。この用例は記憶していてよいことであろう。

第四連の第一行の詩句は第三連の第三行の詩句を繰り返し、同じ山脈を見ながらも、すでに二人が別々の想いを持ちはじめたことを告げている。〈別離のあとに再び帰り来て深く愛を満たす日はほんとうに蘇（よみがえ）ってくるであろうか〉という愛への懐疑によって詩は閉じられている。

この「また落葉林（らくようりん）で」は『優しき歌』前半の五篇の最後にこうした〈愛の懐疑〉をおくことで、後半の明の部分〈愛の再生〉の頌歌（しょうか）をより強い形で読む者に印象づける構成となるのである。そのためにはこの部分にはどうしても「秋の別れ」をモチーフとする詩をおかねば詩集の構成上の均衡（きんこう）がとれないものになる。「径（みち）の曲（まが）りで」では主題的に弱い。もし遺稿詩の中で、この「また落葉林で」に代わる、しかも主題的に見て共通するものを含むものがあるとすれば、「旅のをはり」のみである。しかし、作品の完成度からいってはるかに劣る「旅のをはり」を「また落葉林で」に代えることはまったく考えられない。となると「旅のをはり」はその主題の統一の上で捨てられたヴァリアントであったといえる。

しかも「また落葉林で」の成立に見られるように立原の詩がつねに題詠的な性格を持っているところから考えれば、「旅のをはり」も盛岡より帰京後に書かれたという推定の根拠はなくなってしまう。「秋の別れ」をモチーフにして「旅のをはり」が『優しき歌』の一部になるために題詠的に制作されたとすれば、それは『優しき歌』が構想されはじめたと思われる昭和十三年の六月より九月六日までの間であっても不思議ではない。まず「旅のをはり」が作られ、次いで「径の曲りで」を書き、ボードレールの「秋の歌」に想を得て「また落葉林で」が決定稿として成立したことは、立原にとってはありうる事実である。

詩そのものが音楽的な『暁と夕の詩』の連作よりも、物語的描写的な『萱草に寄す』の連作に近いこの連作の中では、この「また落葉林で」は第一番の「爽やかな五月に」や第八番の「午後に」と並んで美しく透明な抒情詩であり、立原の最晩年の十四行詩中の佳篇の一つといえるであろう。

（『立原道造論』昭四七 1972／脚注＝『立原道造詩集』平元 1989）

風に寄せて、その五[一]

夕ぐれの　うすらあかりは　闇になり
いま　あたらしい生は[二]　生れる

一　風に寄せて、その五　夜の闇の中に死から再生した生と新しい愛を歌った十四行詩。
二　いま　あたらしい生は　死から再生する新しい生の意。
三　かへり　その甦りの意。

だれが　かへりを　とどめられよう！四
光の　生れる　ふかい夜に――五

さまよふやうに
ながれるやうに
かへりゆけ！　風よ
ながれるやうに　さまよふやうに六

ながくつづく　まどろみに七
別れたものらは八　はるかから　ふたたびあつまる
もう泪(なみだ)するものは　だれもゐない……九風よ

おまへは　いまは　不安なあこがれで
明るい星の方へ　おもむかうとする
うたふやうな愛に　担(にな)はれながら一〇

（昭和一三 1938・九「コギト」第七十六号）

四　とどめられよう！　「だれが」の語と呼応する。この詩句は、強意の反語で「誰も新しい生の甦りをとどめられない」の意。

五　光の　生れる　ふかい夜に――「闇の中に」光の生まれる深い夜にの意で、「光」は星の輝きの暗喩(あんゆ)。

六　ながれるやうに　さまよふやうに　この直喩(ちょくゆ)の二つの連用修飾語の詩句は述語の「かへりゆけ！」と倒叙(とうじょ)の関係となる(主語は省略された「おまへ」)とともに、第三連の「ふたたびあつまる」にかかる。

七　ながくつづく　まどろみに　薄明が闇となって後、長く続く「僕」の浅い眠りの中にの意。

八　別れたものら　「かつて別れた数々のもの」、この複数のものの中にはかつて「僕」が愛した少女や、高原の花・雲・小鳥などを含むすべての思い出が含まれる。それらの思い出の数々が「はるかから　ふたたびあつまる」は活喩(かつゆ)表現で「意識の深部から甦ってくる」の意。

九　もう泪するものは　だれもゐない

……　その甘美な数々の思い出に、感傷の涙を流すものは誰もいない、つまり、全く孤独になったの意。

一〇　うたふやうな愛に　担はれながら
「うたふやうな愛」は頌歌「オーデ」のような愛、つまり、浄福の愛の意で、「担はれながら」は活喩表現。この詩句、「おもむかうとする」と倒叙の関係。この第四連の詩句はやや難解。「風よ」の呼びかけとともに「僕」は風自身に同化している。「風よ。僕はおまえそのものになって、浄福の愛に担われて明るい星へ行こうとする」の意である。五篇の連作詩の作中の「僕」は立原と等身大の若い詩人である。「僕」が、ついに風と同化し「明るい星」に暗喩される世界に旅立とうとするところで、この連作詩の第一の大主題が完了している。その先への旅立ちが「新しい生」への出発だというのが彼の死生観であった。

†風を愛した詩人立原道造

風は立原道造にとって、その多くもない詩の重要なモチーフの一つであった。風はそのまま彼の歌であり、その詩的小宇宙を構成する認識そのものであった。風は彼の心を優しい陶酔に導いていく喜ばしい、微妙な音楽であり、鮮やかな、それでいて慕わしい追憶を蘇らせる心情であった。

立原の風は自在な形を作り、花と愛との匂いを運ぶ。彼の詩にあっては、風はあの輝く高原の夏の光の中を疾り、また、憩う樹下の耳元に囁く。かつて、立原ほど風を愛し、歌った詩人はその例を見なかった。

Le vent se léve, il faut tenter. de vivre.　*PAUL VALÉRY*

という堀辰雄（ほりたつお）の小説「風立ちぬ」のエピグラム（題辞）は、そのまま立原の詩と精神に大きな支配力を持っていた。

風が起る（おこ）！・・・・いまこそ強く生きなければならぬ！
大気は私の書物を開き、また閉ざす、
繽粉（ひんぷん）として散る波濤（はたう）はいさんで岩々から迸る（ほとばし）る！
飛べ、まばゆいばかりの本の頁（ペエジ）！
破れ、波濤よ！　打ち破れ、躍り（をど）立つ波がしらで、
すなどりの帆舟（ほぶね）の行きかふこのしづかな甍（いらか）を！

（ポオル・ヴァレリイ「海辺の墓地」末尾、菱山修三訳）

しかし、立原の風は、ヴァレリイの詩句に支配されながら、ついにヴァレリイの風ではない。寺田透（とおる）は立原の詩を論じて次のようにいう。

……立原のソネットは、ソネットですら、ヴァレリーにおけるポエムのやうにそれ自身を逃れ行かんとする姿のものだつたと言はねばならないだらうか。いや、かならずしもさうではない。それらはそれら自身に立ちもどつてやまないから。

それにヴァレリー自身詩想の訪れを諷（ふう）する「空気の精」を、十四行詩で歌ふ試みをこころみたことを僕らは知つてゐる。ただ、その結句のやうに、

見えず知られず
肌着更（か）ふ
たまゆらにのぞく乳房ぞ

といふ歌ひ口は、立原には絶対に採れなかつた歌ひ口だつたと思はれる。

（寺田透『萱草に寄す・暁と夕の詩』解説、昭二八・三、筑摩書房刊。
『増補詩的なもの』〈昭四六・四、現代思潮社刊〉収録）

†死の薄明の中での生の認識

《郵便局で　日が暮れる
《果物屋の店で　灯（ひ）がともる

風が時間を知らせて歩く　方々（はうばう）に

（立原道造「風が……」『日曜日』）

立原（たちはら）にとってこの「風が……」の一篇は、最初の稚（おさな）い歌の訪れであった。昭和八年、十九歳の立原が最初に編んだ手書き詩集の巻頭詩に「風が……」の一篇を据（す）えたことは、その詩的生涯にとって単なる偶然とは思われない。立原が風を主題にした瞬間に、立原の詩精神は過去のあの短歌的世界と絶縁する。三木祥彦（立原の筆名）は立原道造（みちぞう）に再生するのであった。

私がそんなに駆（か）けるときに
お前はなんと悲しさうなのだ
お前はぢつと残つて　唖（おし）のやうに
たゞ身を揺（ゆす）るばかりなのだ
――――――――――
私はもう次の木に行かう
それがお前にそつくりだつたら

私は身を投げる　光りながら揺れるものに
ここには扉（とびら）もなく　姿もない
しづかに暗がりがのこりはじめる

（「枯木と風の歌」第二章、昭一〇・三・二四「帝国大学新聞」）

その二年後に、立原の風はようやく彼の精神に優しい旋律を奏（かな）で始めたのである。しかし、彼によって歌われる風は克明な輪廓ある豊饒（ほうじょう）な世界をもたらさなかった。常に憂愁（ゆうしゅう）の暗部に彼の心を誘ってやまない風なのだった。立原の風にはどんな明るい甘美な囁（ささや）きの中にも、蠱惑（こわく）的な死への誘いがある。二篇からなる「風に寄せて」から、

長いながい一日　薄明（はくめい）から薄明へ　夢と昼の間に
風は水と　水の翼（つばさ）と　風の瞼（まぶた）と　甘い囁（ささや）きをとりかはす
あれはもう叫ばうと思はない　流れて行くのだ

（「風に寄せて」その一、第四連、昭一〇・九「コギト」第四十号）

絶えず薄明の中に流動してやまない、それが立原の風なのだ。「いつまでも動いてゐたら

かなしかつた」(「風のうたつた歌」その三)……と、それが立原の風なのだ。立原の生の意識は「風立ちぬ」の題辞のように常にいかなる場合にも、死の薄明の世界を通してのみ認識される。

風は吹いて　それはささやく　それはうたふ　人は聞く
さびしい心は耳をすます　歌は　歌の調べはかなしい　愉(たの)しいのは
たのしいのは　過ぎて行つた　風はまたうたふだらう
葉つぱに　わたしに　花びらに　いつか帰つて

(「風に寄せて」その二、第二連)

かつて、立原の同時代の若い読者を魅了したのは、薄明の中にのみ生きるひたすらな生の認識ではなかったか。風の持つ意味、風の持つ形、風の持つ旋律は常に自在である。立原は自己の死の確認——つまり、生の確認を執拗にその詩の主題として問いかけ続けていた。それが立原の詩だった。

……汽車の窓で少女は不意にきめたやうに胸に懸けてゐたちひさな水晶の十字架をはづした。それはかの女の掌(てのひら)にほんのしばらくためらはれたあと僕の眼のまへに思ひきつてさし出された、僕はそれを掌にうけた。透きとほつた十字架には少女の胸の肌のあたたかさが不思議な血のやうにまだかよつてゐた。……

（「鮎の歌」、昭一二・七「文芸」第五巻第七号）

この詩的散文の前には「かろやかな翼（つばさ）ある風の歌」（昭一一・九、一一「コギト」第五十二号、第五十四号）がある。

……死が生をひたし、僕の生の各瞬間は死に絶えながら永遠に生きる。すべてのものは壊されつくしてゐる、果敢ない清らかな冒険を言ひながら、僕がすべてのものを壊しつくしてその上に漂つた、と僕の心がささやく。……

（「風信子」、昭一二・一二「四季」第三十三号）

詩集『暁（あかつき）と夕（ゆうべ）の詩』（昭一二・一二、風信子（ヒヤシンス）詩社刊、四季社発売）を貫くこの主題は風の旋律に乗って、昭和十年代の詩に新しい領域を創造してみせた。彼はそのために、かつて彼の精神を支配していた堀辰雄（ほりたつお）の小説「風立ちぬ」の世界からの脱出をめざした。

彼が「風立ちぬ」を牧歌的な不毛の美しさとして否定したとき、はじめて明治の詩人・評論家北村透谷が、まったく新しく把握しなおされる。彼の透谷に対する意識を識ることなしに、最晩年の、未完に終わった十四行詩「風に寄せて」（五篇、昭一三・九「コギト」第七十六号）を論ずることは不可能であろう。文学の自律性を初めて主張した透谷の「人生に相渉るとは何の謂ぞ」の主題は立原において再認識されるに及んで、その最晩年の詩は透谷のそれに重層化される。「風に寄せて」の連作はその着手であり、『優しき歌』の一巻はきのうの歌の完成である。そして、それはまた、透谷と同じく、短い人生を青春のままに絶つことであった。風はそのとき優しき旋律となり、最後の主題のために奏でられた。

†死の誘惑の旋律

僕らの告白した、「否(いな)」は、つひに「風立ちぬ」と、僕らとの間にひとつの溝をつくる。あれはつひに美しい風景の氾濫(はんらん)にすぎない、と。この溝を埋め得るのは何か。僕らのあたらしい反撥(はんぱつ)。かつて僕らは共感から対話の通路を持ち、或(あ)る程度の可能を見た。しかし、いま反撥が通路をひらく。僕らの対話はいかなる形で可能であるか、と。そして、対話が、いつかは合唱と呼ばれ得るか、それはいつからなのか、と。

（「「風立ちぬ」別稿」Ⅷ、昭一三・一〇頃）

立原は秋の盛岡の黄金色の（という言葉を彼は好んでいたという）短い日々の中で、これを書いた。内的対話の世界に詩を求めたとき、詩集『萱草に寄す』（昭一二・五、風信子叢書刊行会刊）の世界、その世界と同心円を持つ「枯木と風の歌」「風のうたつた歌」「風に寄せて」（二篇）など一連の風を主題とした詩の一切は放棄され、第二の「風に寄せて」（五篇）の世界が用意される。「夢とまことの中間なり」「只だ此まゝに『寂』として…」という透谷詩の旋律は立原において再生する。その時、彼は八月の初めからその半ばにかけて五篇の「風に寄せて」を制作した。

僕らは　すべてを　死なせねばならない
なぜ？　理由もなく　まじめに！
選ぶことなく　孤独でなく——
しかし　たうとう何かがのこるまで

（「風に寄せて」その二、第一連）

しかし、その風の主題は、寺田透も指摘するようにラテン的豊饒の世界ではない。甘美なそれゆえに危険な死の誘惑の旋律であった。その旋律は透谷的といわれた同時代のもう一人の抒情詩人伊東静雄よりも、あるいはより透谷的であったかもしれない。

「はじめてのものに」「わかれる昼に」(『萱草に寄す』)が注目されがちであるが、「風に寄せて」こそ、彼の短い生涯の中での詩的完成をもたらしたものだった。

もしも、彼が夭折しなかったとしても、彼の詩の世界は「風に寄せて」で終わったであろう。小説への彼の志向が彼の詩の時代を終わらせるはずだった。しかし、彼は二十六歳の透谷の影を負いながら慌しく旅立っていったまま、一切が余白となって終わった。

†言葉の音楽

十四行詩「風に寄せて、その五」は道造の詩の理解者のひとり中村真一郎の指摘のように、「日本の近代詩が、ひたすら一篇の詩を、絵のように、風景のように作りあげている。その伝統に反逆して、魂と魂との対話を、モチーフとして」(「立原道造の回想」角川書店版立原道造全集第五巻月報⑸、昭三四・一、『立原道造研究』〈昭四六・一二、思潮社刊〉収録)、音楽のように書かれた詩であった。したがって、この詩には輪廓鮮やかな詩的映像に替わって、確かな口語による言葉の音楽、それもきわめて透明度の高い、いかなる夾雑物をも含まない純粋な詩語の魅力を感ずることができる。

このとき、この一篇の詩語はことごとく言語そのものになっている。たとえば闇・夜・光・風・星等のこの詩の中の詩語は日本の象徴詩における比喩的存在を離れて、対象そのものになっている。道造はリルケの詩の摂取と、大正末期の象徴詩派の末流の詩人たちの語彙（ごい）と詩語を語法的に彼固有のものにすることによって、彼らが果たしえなかった言葉の音楽による抒情詩を、日常語としての口語という至難な素材を用いて完成した。

文節の細心で巧妙な操作

しかし、この道造（みちぞう）の詩の音楽性の秘密は、かつて宇都宮（うつのみや）万里が、「立原道造のソネットの韻律」（『立原道造の文学』昭四七・二、教育出版センター刊）で試みたように、その韻律を単に七音（三・四音）・五音といった伝統詩の韻律に分解してみただけでは、十分に解き明かせそうにもない。もちろん、この「風に寄せて、その五」を、

第一連			第二連	
5	3 4 ］	5	7	
2	5 3 ］	4	7	
3	4	7！	5！	3
4	4	3 3 ］——	7	7

と分解することも彼の韻文の修辞の解明に一歩接近する方法には違いなく、七音、五音を基調としながら、それに破調（はちょう）を加えることによって、さらに多様な流動的韻律を創造している

が、かつて筆者が『立原道造研究』（昭四四・五、審美社刊）で述べたごとく、道造は詩を創造する過程で、口語文の記述体――この本来散文表記のために創造された文体を韻文に変質させるために、錬金術のような複雑で煩瑣な手続きを用いた。そのために彼が詩帖代わりに用いていたスケッチブックに、色鉛筆で丹念に書いたり消したりしながら作品を完成したとは、彼の詩の創造に親しく立ち会っていた中村真一郎の回想である。

たとえば、この詩の第一、二連の、文の構成上で働く各文節相互の文法的係絡を考察すれば、

○夕ぐれの↓うすらあかりは↓闇になり、いま‖○あたらしい↓生は⇊生れる。
○だれが‖○光の↓生れる↓ふかい夜に↓かへりを⇊とどめられよう！
○光の↓生れる↓ふかい夜に↓さまよふやうに‖○ながれるやうに⇊かへりゆけ！
○風よ。
○ながれるやうに‖○さまよふやうに―○…⇊あつまる。

のような文節相互に係絡する五つの文に分解することができる。ここには文節相互の細心で巧妙な操作がきわめて意識的な方法によって、故意に不安定な語法を用いること、つまり「光の　生れる　ふかい夜に――」という一行が第一連、第二連にかかり、また第二連「ながれるように　さまよふやうに」は第三連の「ふたたびあつまる」にかかることによって、明らかに散文でない詩の文脈を創造している。このような複雑な修辞を主知派の詩人たちの修辞

と比較すれば、主知派のそれがいかに単純なものかがわかるであろう。それは建築家としての道造の数学的形式感覚と批評能力に負うものであった。

このことは道造の詩の文法的解明の場合、その品詞を論ずるよりも、文節を重視せねばならないということである。文節相互の関連を追究することによって、一種名状しがたいといわれていた彼の詩の音楽性を逐次に解明していくことも可能である。それは道造の詩の一つの魅力を解く一種の鍵(キー)の役割を果たすものである。従来、道造の詩の鑑賞といわれるものは、単なる直観的な印象批判に終始していなかったろうか。この文節相互の関連を解明することによって、その詩の魅力の理解に達することは可能になるのである。

この彼の独自な詩法について論じたものに三好達治(みよしたつじ)の『詩の鑑賞』（現代詩講座第三巻、昭二五・六、創元社刊）の文章がある。達治はそこで道造の詩は〝これまでの日本語に見られなかった最少の詩的単位に、その詩語を細分し、新しく配列したところに、彼の詩の新しい発声があった〟（趣旨）と説いている。確かに、道造の詩語は同時代のどの詩人に比較しても短い文節と文によって組み立てられている。逸見猶吉(へんみゆうきち)、菱山修三(ひしやましゅうぞう)といった「歴程(れきてい)」派の詩人たちと比較すればその違いはいかにも明らかである。

その最少の詩語を配するに、道造は繊細で細心な、中村真一郎のいう「一種の散文主義（プロザイスム）のようなものを逆に利用しながら」、文節相互の複雑で、巧妙な関連の中で「実に微妙な音楽的なリズムを捉えて、分析し難い魅力を伝え」、「彼自身のボヘミヤン的感傷主義を（それだけでは創作という精神的作業からは全く遠いものを）遂に一つの小さな抒情詩の中に定着するのに成功させた」（『文学の創造』昭二八・九、未来社刊）のであった。

すなわち、この三好達治や中村真一郎の論を文法的に帰納すれば、「光の　生れる　ふかい夜に――」の短い詩的単位に細分された詩語は、

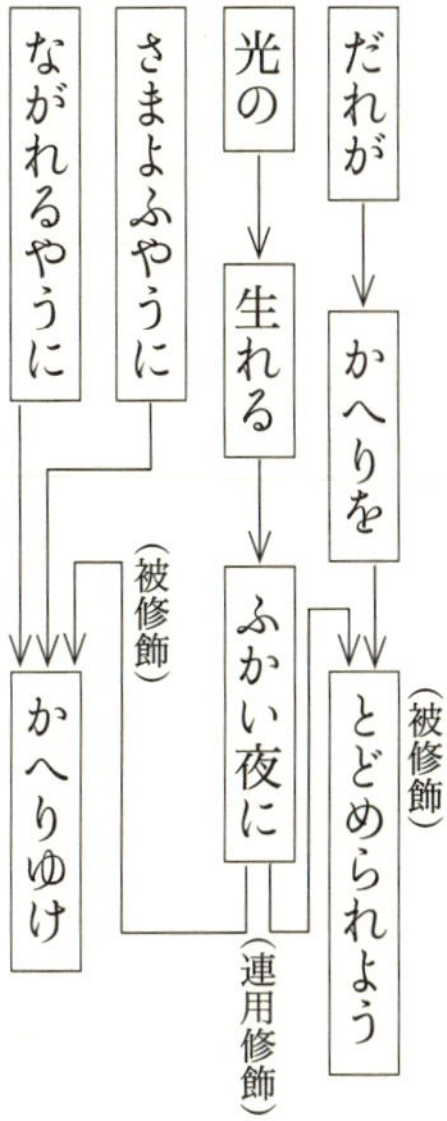
だれが
かへりを
とどめられよう
（被修飾）
光の
生れる
ふかい夜に
（連用修飾）
さまよふやうに
ながれるやうに
かへりゆけ
（被修飾）

のように係絡（けいらく）するときに、道造の詩の音楽的リズムが構成される。連用修飾語（文節）と被修飾語（文節）の複雑で巧妙な、繊細さの、これはほんの一例であるが、このことは道造の十四行詩のほとんどについていえる大きな文法的特色である。

†詩に特有な語法

次に、これは第二義的なことだが、品詞論上の特色の二、三について触れてみよう。まず、「風に寄せて、その五」の詩の中で、目立つものは「さまよふやうに」「ながれるやうに」の畳句に頻用せられている、比況の助動詞「やうだ」の連用形「やうに」である。この比喩の頻用は、比喩による対象の暗示という感覚的表現手法というよりも、そこに詩的映像の重層化を意図しながら、同時に脚韻に似た音楽的効果を意識している。明治・大正の象徴詩人蒲原有明や三木露風によって用いられた比喩法は、道造において、新しい音楽的効用として積極的に転用された（傍点は筆者。以下同）。

澄んだ空に　大きなひびきが
鳴りわたる　出発のやうに
（「また落葉林で」第三連一～二行、『優しき歌』）

の詩句は、昭和十三年八月二十八日、中村真一郎が千ガ滝松下山荘から追分油屋に携えていったボードレールの詩集『悪の華』の原書 *Les fleurs du mal* の一篇 *Chant d'automne* I（「秋の歌」）の中の、

Pour qui? ——C'était hier l'été; voici l'automne!
Ce bruit mystérieux sonne comme un départ.

（誰を葬ろうとてか？　——昨日は夏を、そして今日は秋を！／この不可思議な物音は、
出発のように鳴り響く〈『ボードレール全集Ⅰ』阿部良雄訳、昭五八・一〇、筑摩書房刊〉）

による道造的転用だった。

またこれは道造によって新しく積極的に用いられたものであるが、この詩の第三連二行目の「別れたものら」という名詞の複数化である。この詩の場合はそのまま見過ごしてもよいのであるが、

あの日たち　あの日たち　帰つておくれ
僕は　大きくなつた　溢（あふ）れるまでに　（「夏花の歌」「あの日たち」、第四連、『萱草に寄す』）

のような用法がある。ここでは「たち」の接尾語によって、「あの日」が擬人的に用いられるのだが、そのことは「あの日々」といういいまわしにない、一種の名状し難い優しい陰影

をこの語に付与した。道造の詩語の発明である。この用法は昭和十年代の詩人志望の多くの青年たちによって広く模倣され、「小鳥たち」はまだしも、「雲たち、花たち」のように用いられることによって、普遍化していく過程で通俗化し、ついには「遺品たち」のたぐいの珍奇な単語さえ派生させている。これらの模倣者たちには、「別れたものら」「あの日たち」と道造がはじめて用いた詩語のもつ優しい陰影はありえない。

この道造の新しい語法の中で最も成功している例に、

ひとよ　昼はとほく澄みわたるので
私のかへつて行く故里（ふるさと）が　どこかにとほくあるやうだ

（「わかれる昼に」第一連後半、『萱草に寄す』）

の「ひとよ」がある。「ひとよ」という呼びかけは道造の詩の場合、常に「恋びとよ」の意である。大正期において萩原朔太郎、大手拓次によって使い古され、手垢にまみれた「恋びとよ」は「ひとよ」と用いられたとき、もう一度詩語としての新しい生命を蘇らせた。道造はここで人という普通名詞を「ひと」とひらがな書きにしたうえで、その品詞を感動的に転成させている。この「ひとよ」という詩語は安西冬衛がその第一詩集『軍艦茉莉』の中で同じ意味で用いている「妹」という詩語よりも詩的効果としては優れたものであった。この独立語は後半の詩句を導き出す働きをしていると同時に、「ひとよ」「恋びとよ」「あなたよ」という回路をたどって、それに対応する「私」という語がおのずと浮かぶ。その対応的に連想される「私」が、倒置法ではじまる、達治のいう、比喩とも事象ともつかない第一連前半の語句、

ゆさぶれ　青い梢を
もぎとれ　青い木の実を

（「わかれる昼に」第一連前半）

の主語となっている。

これらは散文の論理を対象とした現代文法とはまた別な、いわば韻文の論理的な用法なのである。こうした言語の魔術は彼が十五歳の折、北原白秋に心酔していた時期に無意識の中でおのずと学んだものであった。

（『詩神の魅惑』昭四七 1972／脚注＝『立原道造詩集』平元 1989）

何処(どこ)へ？[一]
Herrn Haga Mayumi gewidmet[二]

深夜　もう眠れない
寝床のなかに　私は聞く
大きな鳥が　飛び立つのを[三]
――どこへ？……[四]

吼(ほ)えるやうな　羽搏(はばた)きは
私の心のへりを　縫(ぬ)ひながら
真暗(まつくら)に凍つた　大気に
ジグザグな罅(ひび)をいらす[五]

優しい夕ぐれとする対話[六]を
鳥は　夙(とう)に拒(こば)んでしまつた――[七]

一　何処へ？　題意は「詩はつねにひとつの魂が『どこへ？』と苦しみを以つて問ひつづけるところにある」（杉浦明平(みんぺい)宛書簡）による。

二　Herrn Haga Mayumi gewidmet　芳賀(はが)檀(まゆみ)氏に捧ぐ。芳賀檀は独文学者・文芸評論家で「日本浪曼派(ろうまんは)」「四季」の同人。

三　大きな鳥が　飛び立つのを　この詩句は、「私は聞く」と倒叙(とうじょ)の関係で、内的衝動による新しい精神の躍動の暗喩(あんゆ)。

四　――どこへ？……　内的独白としての自問の詩句。「飛び立つ鳥（新しい精神）はどこへゆくのか」の意。「……」は省略された詩語と情緒の持続とを示す。

五　真暗に凍った　大気に／ジグザクな罅をいらす　『ドゥイノの悲歌』第八の「それは空中を翔(か)けりとぶ。焼物に／亀裂(ひび)のはしるに似て。そのように蝙蝠(こうもり)は／薄暮(はくぼ)の陶器に傷を入れるのだ。」（手塚富雄訳）の詩句の本歌取(ほんかど)り。原詩の蝙蝠を鳥に替えている。新しい精神の激しい作動の暗喩表現。

六　優しい夕ぐれとする対話　かつての抒情的な情緒の詩の暗喩表現。「拒んでしまった」の詩句の目的語。

夜は眼が見えないといふのに 八
星すらが　すでに光らない深い淵(ふち)を 九
鳥は旅立つ——（耳をそばだてた私の魂は 一〇
答のない問ひだ）——どこへ？ 一一

（昭一三 1938・三「新日本」三月号初出）

七　鳥は　夙に拒んでしまった——　鳥はもはや拒んでしまったの意で、新しい精神はもはや感傷的情緒の詩を拒否してしまったの暗喩表現。

八　夜は眼が見えないといふのに　この詩句第四連の詩句「旅立つ」に直接かかる。一行あきがあって破格な表記だが、十四行詩の形を整えるために無理な構文を承知の上でのもの。この詩句の構文は通常の散文では次のようになる。「鳥は優しい夕ぐれとの対話を夙に拒んでしまった—。鳥は夜は眼が見えないといふのに、星すらがすでに光らない深い淵を、どこへ旅立つ？」。

九　深い淵　深い淵のような闇。闇の暗喩

一〇　（耳をそばだてた私の魂は／答のない問ひだ）（　）内の詩句は挿入文、「鳥はどこへ？　旅立つ」の詩句を受けて、「その羽搏(はばた)きに耳を傾けている私の魂そのものはそのまま、その答えのない問いのようだ。」の意で「答のない問ひだ」は暗喩。私の未来を暗示する詩句となっている。

一一　——どこへ？　この詩語は「——」を介して「旅立つ」と倒叙(とうじょ)の関係。極めて構文に技巧を凝(こ)らした一節である。

✝武装せる戦士

昭和十三年二月上旬。

立原(たちはら)は友人の杉浦明平(みんぺい)宛に次のような書信を書いている（「　」内以外は語と語の間のスペース

を省略した。以下同)。

どんな告白が告白の名で呼ばれねばならないか、けふ僕は真に詩に値するものがただ美しい魂の告白にあらねばならないと知る。同時にいかなる意味でもひとつの発展として、人間の告白はつひに詩であらねばならない。「われら　青きに挨拶しつつ　青空となる。」ここに一切がある。そして「危険ある所、救ふ者また生育する。」と。これがけふ僕の詩を書き得る唯一の地盤だ。…（中略）…しかしこれは！　そして僕は美と美への意志と美の陶酔とをどこになげうつたのか！　「詩とは何？」とはだれも問はない。詩はつねにひとつの魂が「どこへ？」と苦しみを以つて問ひつづけるところにある。

…（中略）…果して僕の経験が僕に何かを教へただらうか！　経験からは何も学ばなかつたといふ追憶が僕を訪れることが出来るならば！　ここに大きな諦らめと経験との日本の血のあるひは江戸時代の血の誘惑がある。たたかはねばならない、そして打ち克(か)たねばならない。ここに出発がある。

一切の戦ひは日常のなかで意味を以て深く行はれねばならない。決意した者のだれが戦列をとほくに空想したか！　僕らはすでに戦線についてゐる。

……をりをり本郷(ほんがう)の町が眼のまへにひとつのヴイジヨンになる。嘗(かつ)てのたたかひの美しい追想に飾られてゐる。僕はありありと思ふ、友情でだけつながれてゐた日を、幼年時代のやうに——僕は老いた自分を見出す。老人である青春、固い椅子（いす）の上でただ硝子戸（ガラスど）の外に空を眺めつつ、囚（とら）はれてある青春、そのためにいつか老いた自分を。

……そんな筈はないのだ。しかしただ大きなめぐりに立つてゐる。ここを過ぎて、「どこへ？」と限りなく問ひつづける。

この熱にうかされたようなやや晦渋（かいじゅう）な書信とあわせて、「日本浪曼派（ろうまんは）」第四巻第二号の目次を挙げてみよう。

「日本浪曼派」第四巻第二号（昭一三・三・一）

「方法論」芳賀檀（はがまゆみ）、「芳賀檀」保田與重郎（やすだよじゅうろう）、「芳賀檀氏へ」立原道造（たちはらみちぞう）、「断片」吉田孚（まこと）、「手紙」若林つや、「感謝の言葉」野村琢一（たくいち）、「追蹟」志田麓（ふもと）、「古典の親衛隊を読むの記」松山武夫、「警告者芳賀檀」石中象治（いしなかしょうじ）、「決意の冬」神保光太郎（じんぼこうたろう）、「古典の親衛隊に寄せて」亀井勝一郎（かついちろう）、「知性の抒情」佐藤春夫、「若杉さんのこと」平林英子（ひらばやしえいこ）、「北風南風」横田文子、「田舎ことば」中谷孝雄（なかたにたかお）、「編集後記」外村繁（とのむらしげる）

ちなみに右号は目次でもわかるように芳賀檀の『古典の親衛隊』（昭一二・一二、冨山房刊）の特集号であり、この前後には林房雄の「戦争と文学者」（昭一二・一二「文学界」）や、萩原朔太郎の『日本への回帰』（昭一三・三、白水社刊）が刊行され、半年後には日本軍とソ連軍が衝突する張鼓峰（旧満州とソ連の国境付近の山）事件が起こり、「人民文庫」は発禁から廃刊に追い込まれた。

文芸思潮はこうした時代思潮とともに右傾し、国家権力を背景にした文学的日本主義が浸透していこうとしていた時代であった。立原がその書簡の中で「どこへ？」と自らに問いかけた方向はこの文学的日本主義への指向であった。

ところでこの「日本浪曼派」に寄稿したエッセイは、昭和十三年二月二日発信の彼の若林つや（杉山美都枝）宛の書面にもある通り、『古典の親衛隊』寄贈の返礼である、芳賀檀宛の私信を転載したものである。

　美しい御本をありがたうございます、どのやうにして私があの御本をお受取りしたかあるひはおうけとりしつつあるかおそらく御想像を超えてゐることでありませう、私自身にすら量（はか）り知ることの出来ない感謝でいただきました。そしてそのあとひとつのちひさい燈火の下で夜々は限りない長い祝祭となりました、どこの深さで私はこの御本をよんでゐるのか——ただひとつの大きな世界との出会に驚きと悦(よろこ)びとの涙が溢(あふ)れるばかりであります。私はどのやうに変様するか知れません、私は「方法論」や「ナポレオン」のひらいてゐる窓からその世界を嘗(かつ)て窺つたことがあるとおもつてをりましたがいまあの御本のなかで呼吸するとき私の決意は新らしくたしかめられます、私もまたひとりの武装せる戦士！　この変様に無限に出発する生！……　いまはおそらくあまりにも大きな時代ではないでせうか、光栄と悲哀に飾られて私たちが戦列に着くのは——。私がどのやうにして「別離」や「別離の悲歌」のなかに生きてゐたか、私があれらの美しい歌と嘗てめぐりあつた日のことが慰さめにみちた追憶となつて御本の頁(ペエジ)を繰(く)るときにかへつて来ます。

さて本論に入る前に長々と立原書簡を引用したが、それはこの二つの書簡が立原晩年の詩想転換の起点となるべき意味を含んでいたからにほかならない。

たとえば「決意した者のだれが戦列をとほくに空想したか！」とか、「あの御本のなかで呼吸するとき私の決意は新らしくたしかめられます」「私もまたひとりの武装せる戦士！」というようなことばはいかに立原一流の高踏(こうとう)的美文で装飾されようとも、その指向する方向は偏向的な独断に満ちた精神主義に支えられた文学的日本主義以外の何物でもない。

このことに関しては立原を論じた多くの研究文献の中でも、たとえば、杉浦明平(みんぺい)の「立原道造の進歩性と反動性」（『現代日本の作家』昭三一・九、未来社刊）の他に数篇を数えるに過ぎない。

立原という詩人はその夭折ゆえに、一般には青春の偶像、花と風と別離の詩人といった印象でのみ語られ過ぎている。これも近代詩の神話ゆえに否定せねばならないことの一つである。

野間宏、木島始他共著の『わが祖国の詩』（昭二六・一、理論社刊）は、彼の十四行詩を引用して、戦争下の知識人の〈はかない抵抗〉として論じている。俯瞰的に見た場合、たしかに彼の十四行詩は時代の中でそう映るであろうけれども、その次にとろうとした立原の姿勢はもっと別なものであった。むしろ晩年の昭和十三年二月を境に彼の詩想は急速に右傾していったと見るべきである。

もっとも立原の残した十四行詩集だけを読んでいる限りにおいては、晩年の彼が右派の雑誌「新日本」の同人達と武漢三鎮（中国湖北省の漢口、漢陽、武昌、現在の武漢市。日本陸軍は中国支配のための要衝と考えた）陥落祝賀の提灯行列に加わって、二重橋前の広場で万歳を唱えている光景は想像もつかないであろう。

彼の親友杉浦明平はいう。

……立原の中には進歩的な美しさと一緒に、アジア的な、あるいは日本的な専制政治の暗がりの中でのみ妖(あや)しく咲く病菌が潜伏していて、あの戦争時代に最も悪質な反動と結び付くばかりになったことを忘れてはならぬ。

(「立原道造の進歩性と反動性」昭二二・四「南北」復刊号初出、『立原道造研究』〈昭四六・一二、思潮社刊〉収録)

†何処へ?

もし彼が二十四歳で夭折(ようせつ)しなかったら、このような立原(たちはら)はその思想ゆえに戦後は忘れられた詩人になったに違いない。思えば杉浦の論のとおり、彼の夭折は危い地点で彼の文学の危機を救っているといえるかもしれない。

思いあわせてみるとここにも一つの闇合(あんごう)がある。すなわち、この立原の晩年の思想転換においても、大方の日本の知識層の人々と同様に明治以後の国家体制が疑問も懐疑もなく肯定されている。

抒情の詩人はそのまま一人の武装せる戦士に変容しようとしている。この飛躍の大きさを疑問もなく理解できるのは、おそらく戦中から戦後を生きた世代の人々のみであろう。

この思想の転換は彼一人のものではない。この時代に生きた文学者・詩人の多くがそうであった。しかし、彼の場合この二通の私信と他に丹下健三(たんげけんぞう)宛のもの以外、その作品に直接、彼なりの愛国精神・思想といったものが、戦争下の諸家の作品ほど露骨に反映していないのは、愛国詩が詩壇の主流に位置する以前であったからであろう。後に詩集『神軍』（昭一七・五、天理時報社刊）によって、愛国詩人の一人に数えられた「コギト」の田中克己でさえも、まだ愛国詩を書いてはいなかった。愛国詩――戦後の呼称にしたがえば戦争詩がその最盛期を迎えるのは昭和十七年に入ってからである。

それにしても、立原はこの思想転換にあたっていったいどんな詩を結果的に書いたか。それが冒頭に引いた一篇である。

象徴的な手法によって書かれた非常に晦渋な作品である。もしも『萱草に寄す』の十四行詩によって立原を読もうとしている読者にとっては、この一篇に理解を拒まれるであろう。作品自体は取り立てて絶唱と推賞すべきできばえではない。

もっともこの作品を暗い時代への予感のおののきと解する見解もないではないが、それは青春の偶像としての立原像への希求が言わせているものであろう。――ここに付された献辞はむしろそのような読まれ方を拒否するものでなくてはならない。先に引用した二通の私信をあわせ読むならば、必ずこの晦渋な十四行詩を解く鍵を見出せる。そしてその中に「危険ある所、救ふ者また生育する」というドイツの詩人ヘルダーリンの言葉が、彼に新しい出発の決意をうながしたのであった。

それを論ずる前にもう一つ。没後刊行された山本書店版全集第一巻に収められた最晩年の短い詩に「唄（うた）」（昭一三・一一「こをとろ」第二輯）という二連十行の詩がある。

林檎（りんご）の木に　赤い実の
熟（う）れてゐるのを　私は見た
高い高い空に　鳶（とび）が飛び
霧がながれるのを　私は見た
太陽が　樹木のあひだをてらしてゐた

そして　林の中で　一日中
私は　うたをうたつてゐた
《ああ　私は生きられる
私は生きられる……………
私は　よい時をえらんだ》

この詩をこの表現どおり、素朴な意味に解して生命の讃歌ととっていいだろうか。——もちろんそういう読み方ができないことはない。

もし伝記研究家ならば、ここに追分の鮎（関鮎子）との別離の傷心ようやく癒えて、東北盛岡において、水戸部アサイとの愛に立原は新しい未来を発見した、というであろう。『優しき歌』終章の「X　夢みたものは……」の延長にこれをおいても不自然にはならない。しかしあえて異説を立てて見たい。昭和十三年の十月二十八日、盛岡から帰った彼は丹下健三宛の書簡で次のようなことを述べている。

……僕ら共同体といふものの力への、全身での身の任せきりがなくては、一歩の前進もならない……（中略）……（孤高のヒユーマニズムが文化を防衛するとかんがへる知識をいまは信じたくないのです。かつての大戦の日にすべての文化が下士官のごとくなつたことへその孤高のヒユーマニズムがひとつの警告を発したこともいまは反撥したいのです。）

こうした書簡に披瀝された心情をあわせて考えるときに、「ああ　私は生きられる／私は生きられる」というこの詩句は果たして文字どおりなのか。そして、その次におかれた、「私は　よい時をえらんだ」が、そのまま新しい愛に未来を発見した生命の讃歌なのだろうか。この三行を「コギト」流の浪曼的逆説におきかえれば、これは彼の残り少なくなった生命への暗い予感のおののきとも受け取れよう。

そこで、もう一歩踏み込んで考察するために、——ただし、水戸部アサイを介在させる、盛岡での平穏な田園生活というような伝記風な理解の仕方でなしに——「何処へ?」にもどらねばならない。

結論的に言えば、「鳥は旅立つ……どこへ?」の指向の方向にこそ、彼にとって混迷からの脱出に一条の光明が彼なりに賭けられていたのではなかろうか。

彼の十四歳の歌稿「葛飾集」よりはじまるあの人工的な内的世界は、〈どこへ?〉〈どこへ?〉という執拗な自ずからなる問いによって閉鎖されていた密室より、外界への通路を見出したのである。そして、この外界への飛躍のための跳躍台となったものが「コギト」の共同体理念であり、直接的には芳賀檀の『方法論』及び『古典の親衛隊』にほかならなかった。

彼は密室を出て、彼自らが時代の体制の一個としての連帯感を持つとき、彼は訣別の想念をこめてエッセイ「風立ちぬ」を書きはじめた。そしてそれを書き上げた時点で、彼は、「ああ　私は生きられる／私は生きられる……／私は　よい時をえらんだ」と、ためらいもなくくちずさむことができたのではないか。彼は共同体に全身を任せきり、その生きつつある時代を、素朴にそれでも幾分の不安をあわせ持って、「よい時をえらんだ」と把握した。

彼の詩はその生涯とともに終止符をうたねばならなかったし、またその運命に従順だったことによって辛うじてその晩節をまっとうすることが可能になった。
大岡信(まこと)は、この晩年の「コギト」への接近と離反を「ノートⅥ」（「長崎紀行」）の十二月十日の記述、

……コギトたちのあまりにつめたく、愛情のグルント（引用注、基礎）のない文学者の観念を否定すること。コギト的なものからの超克(てうこく)――犀星（引用注、室生犀星(むろおさいせい)）の「愛あるところに」といふ詩をふかくおもひいたれ。

の箇所をあげてもう一度回帰する抒情詩人の姿を描いたが（「立原道造論―さまよいと決意」（『超現実と抒情―昭和十年代の詩精神』昭四〇・一二、晶文社刊））、それは立原の死の直前の精神的な衰弱がいわせたものではないだろうか。

†人工の白い花

悲しかど
葛飾(かつしか)の頃は恋しかり。
江戸川の水に日毎(ひごと)思ひ秘めつ。

思えばこの中学三年時の「葛飾集」の一連の作歌の中にすでに反自然主義的な姿勢の萌芽を夙に読み取ることができる。

うすねずの空にのびしか
かの若芽。——
快き緑も淋しく見ゆる。

彼のこの反自然主義的姿勢はやがて、長じてはプロレタリア文学に対する厭悪となり、その行きつくところ、「コギト」的浪曼主義へ傾斜していくこととなる。

この彼の晩年の思想転換には二つの要因が想定できうる。

その第一は、何よりも彼が感性豊かな資質を持っていたことである。十五歳の彼は石川啄木と北原白秋を摂取し文学に接近した。そして、三好達治の四行詩に倣って歌より次第に詩に転じ、堀辰雄、津村信夫を識り、リルケと『新古今和歌集』によってあの透明な風と雲と花とわかれの歌を開眼した。その間の彼の摂取はきわめて貪婪ともいえた。ある意味では書物が彼の文学と人生の源泉であった。

浜町(はまちやう)の河岸(かし)はうれしき
明治座(めいぢざ)の木の入るときは、
遠くきこゆる。

この下町情趣もその生い立ちから見れば生得のものであろうが、それにいっそう光彩を添えたものは北原白秋の歌集『桐の花』や詩集『東京景物詩』の摂取であろう。彼の詩精神は絶えず光のある方向を求めて伸びてゆく植物の芽のように、新しい書物の世界に伸びていった。その感受性の豊かさゆえに他から影響を受けやすい詩人であったのである。

そういう脆弱な部分に芳賀檀の『古典の親衛隊』は強烈な衝撃を与えたのである。彼の人工の内部世界はそれこそ硝子の城を砕くように他愛なく崩壊した。「何処へ?」の鳥はそのまま新しく再生した立原の分身であった。夕暮れの対話に象徴されるこの硝子の城を失った鳥は飛び立たねばならない。彼の生の存在は外界に羽搏くことによってのみ感得しうるものなのである。こうした精神過程は特殊な現象ではなく、あの時代を生きて来た若い知識人たちの大方の体験の一つであった。

歌わなかった立原道造が同時代に数百、数千人いたといっても差し支えはあるまい。それは立原を含めて彼らが近代への意識に無自覚で、稀薄であったということではない。また彼らが無意味で愚昧であったということでもない。

もとより彼の思想の転換はその内的要因もさることながら、時代の思潮に多分に触発されていたことも見逃してはなるまい。しかしながら、この点では同じ「四季」の同人だった津村信夫とはその文学的日本主義に臨む姿勢を異にしていた。

津村信夫と保田與重郎らとの交遊は立原の「コギト」との接近よりはるかに古くさかのぼる。津村と保田の交遊の機縁を作ったのは昭和三年、同人雑誌「あかでもす」以来の詩友山岸外史であり、その山岸の推輓で津村は雑誌「青い花」に参加したことで、その後「日本浪曼派」や「コギト」の同人と親交を持つことになったのであった。したがってこの派の保田與重郎との精神的な距離においては、立原のそれよりも近い存在であった。

津村にとって彼の日本への回帰ともいうべき主題を持った散文集『戸隠の絵本』（昭一四・一〇、ぐろりあ・そさえて刊）を書くべく示唆を与えたのは保田與重郎であり、この「四季」連載の小品集を出版社〈ぐろりあ・そさえて〉の叢書の一冊に加えたのも保田であった。しかしそのことによって津村は保田の新しい共同体の理念の全面的な共鳴者とはならなかった。

この一冊は、背景となった信州戸隠という「天の岩戸」飛来伝説の地に神代日本の原型を発見しようと努め、秘境の風物をこよなく愛しはしたけれども、彼の古典への回帰は一種の静謐の中に深められていった。

彼が戦争下にもあえて愛国詩を書かなかったのも、彼の西欧的教養を培った生活環境と知性のしからしめたものであろう。——ということは津村信夫という詩人は、作品こそ「四季」のマイナー・ポエットという評価に甘んじねばならないにせよ、その個性において、思想において立原よりも強固なものを内に持っていたのである。あの時代に「コギト」の同人たちと至近距離にありながらも、あの温雅な『戸隠の絵本』の一冊を書き、童話集『善光寺平』のような世界を描くことは余程強い精神でないかぎり、これはやさしいようで至難のわざであったに違いない。

それに対して、立原の豊かな感性と下町の庶民的な気質は、かえって外界の騒音に異常なほど脆かった。

さて、第二の要因は、右の第一の要因とも表裏一体をなして不即不離の問題なのだが、立原の体質の中にはあの江戸後期の趣味性、たとえば山東京伝や柳亭種彦など、そして近代に入ってからは仮名垣魯文、尾崎紅葉、斎藤緑雨などといった文人たちと同質の血脈が流れていた。立原の中にある戯作者気質といったものは、その十四行詩などよりも彼の韻文小説というべき「メリノの歌」や「春のごろつき」などによくあらわれている。

彼の文名をはじめて印象づけた「あひみてののちの」は、金田久子との房州富浦海岸での追憶に想をえた単純な青春自伝ではない。この一作は伝記的な理解によって受容するものでなく、彼のパロディ、彼の流儀で書いた戯作なのである。自然主義文学に眼を馴らされてきたこの国の読者たちは作品の本質を踏みはずして、この中に立原の少年時の実像を告白的に見がちであるが、本来、立原のすべての文学はそうしたものとはまったく無縁なところから発想されている。

もしも彼がもっとも感受性の強烈な少年期の終わりに、堀辰雄という彼の生涯にも文学にも全身的な投影を浴びせかけた魂に遭遇しなかったら、そしてまた彼がアカデミズムの洗礼を受けなかったら、彼は昭和期の一人の戯作者か、下町情緒を歌う詩人になっていたかもしれない。

仮名垣魯文が福沢諭吉に、というよりも諭吉に代表される思想家というものに畏怖と憧憬の入り交じった負い目を持ちつづけていたのと同質のものが、立原の内部にも棲息していなかったとはいえない。

こうした心情が、彼に、何よりもプロレタリア文学を感情的に厭悪させたのである。

彼はまったく文学理論に欠けていた。彼はプロレタリア文学理論に対抗する自己の独自の文学理論を組み立てることが不可能であった。彼にとって思想とは、彼の美神を虐殺する悪神とも受け取れたろう。悪神を圧するものは同じ悪神以外のなにものでもない。
その時また、彼はすでに己(おの)れの青春の歌を歌い尽くそうとしていた。こうした情況下にその内的要素とあいまって、彼はリルケからヘルダーリンへ一直線に傾斜していった。その結果が、右に挙げた彼の書簡のように、身丈(みたけ)にあわぬ鎧(よろい)を着けて「武装せる戦士」たらんとする決意であったのだった。

事件ノ性質上今ハ詳(ツマビラカ)ニ説クヲ得ナイガ
陰山(インシヤン)ノ北麓(ホクロク)——百霊廟(ポオリンミヤオ)カ四子王府(スウツウワンフウ)ノ辺(アタリ)トデモシテオカウ——
ソコニ彼ガ率(ヒキ)ヰテ駐屯(チウトン)シテヰタ蒙兵(モウヘイ)ノ一部隊ハ
突如兵変ヲ起シタ
尤(モツト)モ蒙古(モウコ)兵将校達ハ既ニ数日前ヨリ逃亡ヲ開始シ
紅イ伝単(デンタン)*ハ屢々(シバシバ)営内ニ見受ケラレタガ——
ソノ朝
彼ハ捕ヘラレテ審問モナク
軍帽ト佩剣(ハイケン)トヲ昨日迄ノ従卒(ジユウソツ)ニ奪ハレ
目隠シヲサレタ後銃殺サレタ

彼ノ肉ト骨トハ蒙古犬ノ一群ガ即刻食ヒ尽シ
移動シ去ツタ部隊ノ跡ニ残ツタモノハ
彼ガ日来（ヒゴロ）愛読シタ吉田松陰（ショウイン）全集ノミダツタト云フ
（田中克己「報告」）

＊伝単――宣伝ビラのこと。

立原はおそらく右のような詩に対して己（おの）れの無力を痛感したであろう。田中克己（かつみ）の第一詩集『西康省（せいこうしょう）』の書評（昭一三・一〇「四季」第四十一号）の底辺には戯作者（げさくしゃ）立原の憧憬と畏怖がこもっている。

立原の国家意識というものは、この点で田中克己や伊東静雄（しずお）といった「コギト」の詩人とも、「歴程（れきてい）」から出て後に「満洲浪漫（ろまん）」を興した逸見猶吉（へんみゆうきち）、藤原定（さだむ）らとも異なっている。彼らの場合、そのすべてが一度はマルキシズムやアナーキズムの洗礼を受けて、それぞれ挫折や転向の体験を経て、次に到達した地点が、革命的浪曼（ろうまん）主義の変型であるところの文学的日本主義であった。それが彼らの文学的日本主義を支える国家意識であった。

立原の場合においてはまったく右のような思想体験がなかっただけに、芳賀檀（はがまゆみ）の『古典の親衛隊』の与えた感動の初々しさは誰よりも深かったに相違ない。マルクスからヘルダーリンへ、そして三転して、リルケへと己れの詩と真実に沈潜していった伊東静雄とは反対に、立原はリルケからヘルダーリンへと奔（はし）ったのであった。

光に耐（た）へないで
ほろんで行つた　草木らが
どうして　美しい
ことがあらう

（立原道造「夜に詠める歌・反歌」第一連）

この一節には中野重治（しげはる）の「歌」の一節「お前はうたふな……」と同質の、しかもその対極にある発想を感じる。

立原の再生への意志は「危険ある所、救ふ者また生育する」というヘルダーリンの一節に触発され、それはそのまま急激な思想の右旋回へ進展していった。

僕らは　すべてを　死なせねばならない
なぜ？　理由もなく　まじめに！
選ぶことなく　孤独でなく——
しかし　たうとう何かがのこるまで

（立原道造「風に寄せて」その二、第一連）

この「コギト」に掲載された詩の一節をこれだけで読めば、今から二十余年前、南のわたつみで沈んでいった無名の兵士の一人だった青少年たちの心情にどこかかすかではあるが、たしかにつながっていても少しも不自然ではないような気がしてくる。

やがて夜は明け　おまへは消えるだらう
——あした　すべてを　わすれるだらう（立原道造「月の光に与へて」第三連）

〈あしたすべてをわすれる〉主体は一人称すなわち、立原自身でなくてはならぬ。——とすれば前出の「夜に詠める歌・反歌」の詩句と照応して、「何処（どこ）へ？」から「唄（うた）」にいたる過程は一線で繋（つな）がっていることがわかる。

「あした　すべてを　わすれるだらう」という詩句は、あの風と雲と花と愛を主題とする世界を拒否することであった。既刊二冊の十四行詩集のテーマを否定するところに立原の再生の意志が隠されていた。

この点に関しては、立原より一世代以前の詩人たちと、自ずとその国家意識やその文学への反映は、その構造において別種のものとなっている。彼らの場合、過去の作品と戦争下の作品との間に断層はない。

立原にとって思想を持つということは立原が次代の詩人として再生するための重要必須の資格なのだと、彼は同時代の抒情派の詩人の誰よりも強く信じねばならなかった。十四行詩の世界がどれほど支持されようとも、彼は己れの血脈にある今は罪過にも等しい美意識の意味を誰よりも自覚していた。

新しい共同体への参加、という行為は江戸情緒に育った彼には、身に鎧わねばならないまぶしい武具であった。思想への畏怖と憧憬に曇った彼の英智はここで大きな錯誤を犯したのであった。しかし彼の場合、ここにいたる過程においては、あの戦争詩の作者である、もう少し後の時代の俗詩人たちと異なって、彼なりの純粋な動機が存在していたろう。

彼にとっては文学的日本主義は詩のための新しい流行の意匠ではなかったのである。その点で戦争下の思潮に便乗した俗詩人たちとは峻別されてよい。しかしまたそれゆえに、彼のこの真摯な希求の姿勢も、今日から見れば多分に悲劇的な滑稽味を帯びねばならなかった。

†〈青春〉の偶像

〈どこへ?〉という問いに一つの解答が与えられたとき、彼の個性はその時点で失われ、彼の抒情詩は次第に荒廃に向かっていった。

「何処へ?」と、絶唱の一つ「眠りの誘ひ」とを読みくらべて見るがいい。「何処へ?」の持つ晦渋さはどれほどの文学的価値があるだろうか。「唄」の安易さは、彼のあれほど希求していた世界がどれほど結晶したかを疑わせる。あえていえば、この種の詩では伊東静雄の『春のいそぎ』のどの一篇にも及ばない。『優しき歌』、連作「風に寄せて」以外の晩年の作品はすべて否定しても少しも惜しくはないように思う。

彼の詩に美しい〈青春〉のみを見ようとすることは、彼の愛読者というかぎりにおいては一向に非難すべき理由はない。また鑑賞という点からいえば、三好達治の「暮春嘆息」の立原像であってもいいと思う。しかし、立原論、立原研究としては、この晩年の思想の考察を欠いてははなはだ不完全なものとならざるをえない。

(『立原道造論』第5章・晩年の詩と思想、昭四七 1972)

5

伊東静雄（1906–1953）

わがひとに与（あた）ふる哀歌

太陽は美しく輝き
あるひは　太陽の美しく輝くことを希（ねが）ひ
手をかたくくみあはせ
しづかに私たちは歩いて行つた
かく誘ふものの何であらうとも
私たちの内（うち）の
誘はるる清らかさを私は信ずる
無縁のひとはたとへ
鳥々は恒（つね）に変らず鳴き

草木の囁（ささや）きは時をわかたずとするとも
いま私たちは聴く
私たちの意志の姿勢で
それらの無辺な広大の讃歌を
あゝ　わがひと
輝くこの日光の中に忍びこんでゐる
音なき空虚を
歴然と見わくる目の発明の
何にならう
如（し）かない　人気（ひとげ）ない山に上（のぼ）り
切に希（ねが）はれた太陽をして
殆（ほとん）ど死した湖の一面に遍照（へんぜう）さするのに

（昭九 1934・一一「コギト」第三十号初出。『わがひとに与ふる哀歌』昭一〇・一〇）

†魂で歌う詩

「わがひとに与（あた）ふる哀歌」は、昭和九年十一月に「コギト」第三十号に発表された。萩原（はぎわら）

朔太郎は、伊東静雄という若い未知の詩人に対して惜しまぬ賞讃の書簡を寄せた。静雄の強い自負にかかわらず、詩壇的にはこの頃まだほとんど無名に近い存在だった静雄に与えられた詩壇からの最初の声であった。

詩集『月に吠える』『青猫』によって、日本の近代詩に一時代を画したこの大詩人は、静雄の「わがひとに与ふる哀歌」に、自身にもっとも近い〈魂で歌ふ詩〉を発見したのであった。朔太郎は詩人らしい率直さでこの若い未知の詩人に手を差しのべた。

第二回文芸汎論詩集賞が静雄の第一詩集『わがひとに与ふる哀歌』(昭一〇・一〇、コギト発行所刊)に授賞されたのには、その選考委員の一人であった朔太郎の強力な推挽があった。選考にあたって、彼は『わがひとに与ふる哀歌』の一巻をのみ推して、選考会には臨まず、帰宅した。

朔太郎は「コギト」第四十四号(昭一一・二)の『わがひとに与ふる哀歌』特輯に一文を寄せ、

雑誌「コギト」の誌上に於て、伊東静雄君の詩を初めて見た時、僕はこの「失はれたリリシズム」を発見し、日本に尚(なほ)一人の詩人があることを知り、胸の躍るやうな強い悦びと希望をおぼえた。これこそ、真に「心の歌」を持つてるところの、真の本質的な抒情詩人であつた。

と言った。文芸汎論詩集賞選考には、この一文のほかになにも不要だった。この言葉で授賞の理由のすべてが尽くされていた。

†意志と憧憬の恋歌

この詩の魅力は、なんといっても詩語の格調の高さと、それを支えている静雄の心情の激しさである。題名のとおり、これは一種の恋愛詩であるが、ここには、日本のほかの近代恋愛詩に見られるような甘美な優しさが見られない。

たとえば、日本の近代詩のなかの代表的な恋愛詩である佐藤春夫の『殉情詩集』（大一〇・七、新潮社刊）の一篇と比べてみればよい。

しんじつふかき恋あらば
わかれのこころな忘れそ、
おつるなみだはただ秘めよ、
ほのかなるこそ吐息なれ、
数ならぬ身といふなかれ、

ひるはひるゆゑわするるとも
ねざめの夜半(よは)におもへかし。

——佐藤春夫「また或るとき人に与へて」

美しい詩である。この哀切流麗な恋愛詩には、日本の近代詩のひとつの到達点が示されている。それはあくまでも甘美に優しく哀しい心情が切々と歌われたものであった。それがむしろ恋歌というものの本質であろう。

しかし、静雄の「わがひとに与(あた)ふる哀歌」はその題名において、春夫の「また或(あ)るとき人に与へて」に倣(なら)いながら、日本の近代詩のなかの恋歌とはまったく異質な、静雄の独自な発想と語法によって、精神が内部から外界を照射するところから生まれた新しい思想詩になっている。そこでは甘美な優しさにかわる強烈な意志と憧憬(しょうけい)が歌われていた。

そうした詩だけに、同じ時期に書かれた物語詩(バラード)風な、静雄の表現にしたがえば事物の詩である「泥棒市(どろぼういち)」や「新世界のキィノー」さらにその延長上にある最晩年の「夕映(ゆうばえ)」「都会の慰め」「無題」等の作品にみられるような楽々と書き流された詩のもつ《わかりやすさ》に乏しい。

伊東静雄のもっとも代表的な詩として、発表以来、必ず各種のアンソロジーに収録され、また幾多の近代詩の入門書や鑑賞書にもとり上げられ、その解説、鑑賞の言葉が尽くされているわりに、いまひとつ抽象的で曖昧なのは、「わがひとに与ふる哀歌」という詩が、実は解説者や鑑賞者たちには扱いにくい、晦渋な詩であるからなのではなかったか。このことは、詩集『わがひとに与ふる哀歌』の巻頭詩「晴れた日に」にもいえることである。

「わがひとに与ふる哀歌」の場合は、ことに後半が一種の破調となり、難解で意味のわかりにくい詩語が連続している。春夫の「また或るとき人に与へて」にはこの種の難解性はない。日本語の旧い芸術用語だった文語で書かれた詩であるが、その旧い用語から遠去かってしまった現代の読者でも、解説や語釈なしに十分に理解が可能であろう。そこに詩を読む楽しさがある。明晰で端正なるものに対する心理的快感とでもいえる詩的共鳴である。

そういう視点に立てば、この「わがひとに与ふる哀歌」は定説のような名詩ではなく、静雄の失敗作だという見解も可能であるが、静雄の場合は、破綻を破綻とせず、強引に言語の論理をねじ伏せ、逆にそのことによって、恋歌の甘美な優しさ、あるいは女性的な感傷性を削ぎ落とし、硬質の意志による恋歌を高らかに歌いきってみせているともいえよう。この苛烈さが朔太郎に深い感動を与え、「魂が詩を『歌ふ』」といわせたのであった。

†「哀歌」の構造

この詩は一連二十一行から成っているが、その意味を追って考察すれば、以下のように、

[[4・3]—6]—[[5]—[3]]

となる（□中の数字は、詩句の行数を示す。引用詩を参照されたい）。つまり、冒頭の「太陽は美しく輝き」から十三行目の「それらの無辺な広大の讃歌を」までが詩の前半であり、その前半はさらに二つの意味的区分に分かれ、後半は「あゝ　わがひと」から「殆（ほとん）ど死した湖の一面に遍照（へんぜう）さするのに」の八行によって構成される。この部分もまた五行と三行の二つの部分に意味上区分されている。

「わがひとに与（あた）ふる哀歌」のわかりにくさは、静雄（しずお）固有の修辞による詩句の難解性ばかりでなく、右にみるような複雑な曲折したこの詩の構成によるといえる。

右の構成にしたがって、この一篇を解読してみたい。ただし、この種の解説は詩の鑑賞者によっては非常に嫌悪すべき行為とされているが、従来の抽象的で曖昧（あいまい）な解説・鑑賞文に対する筆者の「哀歌」私注という意味で、あえてそれを行なってみたい。

太陽は美しく輝き
あるひは　太陽の美しく輝くことを希（ねが）ひ
手をかたくくみあはせ

しづかに私たちは歩いて行つた

この冒頭の四行は、最初から非常に高い格調で歌いはじめられる。「太陽は美しく輝き／あるいは……輝くことを希(ねが)ひ」は、事象ではなく、願望なのである。この太陽は事象としての太陽ではなく、青春とか希望といったものの象徴としての太陽と考えられる。

私たちの青春の出発は、この私たちを照らす太陽のように輝き、あるいは太陽のように美しく輝くことを希求しながら、私たちはいま清らかな厳しい至純な愛に生きるものとして手をかたくくみあわせてしずかに歩いていった。このように私たちの心を誘うものが、それがどのようなものであろうとも（それは私自身にも明瞭にわからないなにかではあるが）、私は私たちの胸のうちに誘われるものの清らかさを信じる。──信じて疑わない。

この至純な愛を生きようとする私たちに対して、清らかさや、厳しさから無縁な世俗の人たちは、小鳥たちはいつも変わらず鳴いて、草や木の風に鳴る音は四季をわかたずとするとも、──つまりここでは眼前の自然の現象のみを受けとり、それ以上のものを認識も理解もせず生きていようとも、私たちはより意志的に自然現象を超えたところに自然の本体であるかぎりない拡がりをもつ至純の愛の讃歌を聞く。

ここまでが詩の前半である。ここには日常的現実の世界と異なる精神的次元に生きようとするものの高揚した心情が、激しい意志を込めて歌われる。

しかし、詩はここで「あ、わがひと」一行によって急激な転調をみせる。ここまでのこの詩の調和はいっきに破綻（はたん）して、悲痛な響きで、一瞬にすべてを放擲（ほうてき）するように詩を歌い収めている。

ああわが思う人よ。この時、輝く太陽の光にもたとえられる私たちの全（まった）き青春のなかにも忍びこんでいる劫初（ごうしょ）以来の輪廻（りんね）のようなこの空しさ（私たちがたったいま聴いた永遠の讃歌を一瞬に突き崩してしまう空虚さを）、私たちはあの自然の現象以上にものを認識しようとしない卑小な日常に生きている人びとと違って、この空虚をはっきりと認識できる目の発明、つまり、人間の英知がこの私に与えられたとしても、それがいったい何になるであろう。私は至純なるもの、永遠なるものの讃歌を信じながら、なぜこのような空虚に襲われてしまうのであろうか。

それならばむしろ、いっさいの人間の英知を放棄して、私はひとり人気ない山に登り、私たちが心より願ったあの太陽、全き青春の姿をして、この山上から見渡せる足下の瀕死（ひんし）の湖の全面と、その湖を眺める私をも含めてあまねく照らさせるがいい。私はこの瀕死の世界に臨みながらも、光に忍びこむ空虚と闘い、いま全き青春の憧憬（しょうけい）に身を灼（や）きながら、むしろ、人間の英知などという小賢（こざか）しい知恵を捨てても、なお私たちの至純の愛を信ずるべきであろう。

　この恋愛詩（恋歌）は、反俗の冷厳、清浄な世界を高い格調で歌っている詩である。この詩に示された審美の世界が、日常的現実においてはとうてい存在しえないものであり、それゆえ、全き青春のさなかの至純の愛なるものはその行き着くところ死のみしかないという反語的な意味で、「讃歌」ではなく「哀歌」を、静雄はこの詩の題名に付したのであろう。「わがひとに与ふる哀歌」は難解な詩である。特に詩の終章に至る三行の

　如かない　人気ない山に上り
　切に希はれた太陽をして
　殆ど死した湖の一面に遍照さするのに

という部分は難解である。字句を追ってその意味をとらえようとすればするほど、言葉の迷路に踏みこんでいってしまう。この「人気ない山に」のぼったのは、私なのか、私たちなのかさえ、静雄は直接に明らかにしてはいない。繰り返して読むことで、ようやく「私は信ずる」という詩句を手がかりに、山に上ったのは私だという漠然たる感じに達する。

　しかし、そういう分析的な語句の意味にとらわれなければ、直観的に、静雄の悲痛な思い

は読む者に十分伝わってくる。おそらくこの詩の発表当時、静雄を理解する少数の読者たちは、詩的直観によってこの詩を読んでいたのであろう。このことは現代の詩人や批評家もほぼ同様である。

（『伊東静雄』昭五五 1980）

八月の石にすがりて

八月の石にすがりて
さち多き蝶（てふ）ぞ、いま、息たゆる。
わが運命（さだめ）を知りしのち、
たれかよくこの烈（はげ）しき
夏の陽光のなかに生きむ。

運命（さだめ）？　さなり、
あゝわれら自ら（みづか）孤寂（こせき）なる発光体なり！
白き外部世界なり。

見よや、太陽はかしこに
わづかにおのれがためにこそ
深く、美しき木蔭（こかげ）をつくれ。
われも亦（また）、

雪原（せつげん）に倒れふし、飢（う）ゑにかげりて
青みし狼（おほかみ）の目を、
しばし夢みむ。

（昭一一 1936・九「文芸懇話会」九月号初出。『詩集夏花』昭一五・三）

†生活者の真実として

伊東静雄（しずお）が第二回文芸汎論（はんろん）詩集賞を受賞した昭和十一年という年は、彼にとって生活上の心労の重なる年であった。この年一月、長女のまきが生まれ、静雄は初めて父親となった。静雄は多忙だった。妻の花子は出産前後から病臥（びょうが）し、まきが生まれてからもなかなか健康が回復せず、彼は家事と育児を一手に引き受けたうえに、大阪の旧制住吉（すみよし）中学の勤務も欠くこ

とができなかった。

　二月になって、静雄にとって大きな心の支えであった母ハツが突然斃れた。夫の惣吉の死後、長崎県の諫早でひっそり暮らしていた母の死は深い衝撃だった。三月の文芸汎論詩集賞の受賞の報せは、心身ともに疲労の深い静雄に思いがけぬ喜びをもたらした。

　文芸汎論詩集賞の第一回の受賞者は丸山薫である。丸山薫は京都の第三高校時代の三好達治の親友であり、すでにそのころから詩を書いていた。そして、大正詩壇の指導者の一人だった百田宗治の主宰する詩誌「椎の木」の新進詩人であり、その後は、三好達治とともに昭和の詩壇を大きく変える文学運動の拠点となった季刊詩誌「詩と詩論」「詩・現実」の同人として、数々の優れた詩を発表して、三好達治・北川冬彦と並ぶ新しい時代の有力詩人であった。ことに昭和七年十二月に第一書房から刊行された詩集『帆・ランプ・鷗』は、三好達治の『測量船』とともに昭和の名詩集の一冊に数えられていた。すでに詩歴十数年、文芸汎論詩集賞を授けられた昭和十年には、詩壇の有力誌「四季」の編集者であり、授賞の対象となった詩集『幼年』（昭一〇・六、四季社刊）は、好評だった『鶴の葬式』に続く新作詩篇を集めた一巻であった。

　この丸山薫の『幼年』への授賞で、文芸汎論詩集賞は詩壇的評価の確立された有力中堅詩人の新詩集に与えられるものと目されていた。したがって、第二回の静雄の『わがひとに与ふる哀歌』への授賞は、東京の詩人たちにはやや意外な感があったのではないか。静雄は萩原朔太郎の強力な推挽があっても「コギト」「日本浪曼派」に拠る新進詩人であり、大阪に住んでいたこともあって、詩壇からは孤立した存在であり、その第一詩集によって、ようやく詩壇の一部に注目されはじめていた詩人にすぎなかった。決して無名ではなかったが、丸山薫の詩名と詩歴に較べれば、静雄の授賞は破格なものであったに相違ない。

地方在住の、しかも文芸雑誌の詩人という詩壇ジャーナリズムではとかく軽視されがちな存在――これは現在の詩壇でも少しも変わっていない情況だが――の静雄であったが、この受賞を機に、改めて詩壇にその詩名を確立することとなった。

しかし、この文芸汎論詩集賞の受賞も、現実の静雄をなにひとつ変えなかった。彼は生活においては平凡な中学教師であり、学校では文学的話題を極力避けていた静雄であったから、彼の受賞は教員室でも教室でもほとんど知られることがなかった。

生徒たちには、怖いが受験指導の巧い熱心な国語指導の「乞食のコーチャン」であり、同僚には少し偏屈なところがあるが無口な目ざわりにならない仲間であった。

受賞後、「新潮」や「改造」など一流雑誌の原稿依頼がありながら、それを別に誇るふうもなく、また、詩壇的野心などとほど遠いところで、孤独な単独者として詩を書いていた。それは、受賞のこの年、わずか九篇の詩を書いただけだったことをみてもわかる。

生活者としての現実に徹しながら、その生活者の現実と等量のもう一つの精神的な世界を詩によって築くということであれば、詩壇への関心なぞは些事であり俗事であった。静雄にとっては、詩を発表できる場としての「コギト」と「日本浪曼派」があれば、文学の世界においてはそれで十分であったのである。

†八月の石にすがりて

こうした生活者としての日常のなかから、彼の名詩の一篇「八月の石にすがりて」が創られている。静雄の年譜を作成してみると、この昭和十一年は詩作のうえではむしろ鬱の沈滞期であった。生活の全重量が彼の肩に重くかかっている時期にこの詩が書かれたことは、少しばかり奇異な感もなくはない。

しかし、文学の創造というものは、現実の悪条件下にこそ成立するものであるかも知れぬ。

この詩の成立の情況については次のような書簡がある。宛先は後の「文芸文化」の同人の池田勉。蓮田善明、清水文雄、栗山理一、池田勉らは、広島文理大（現、広島大）出身の、斎藤清衛門下の若い国文学者たちであった。池田勉との交遊は昭和九年にはじまる。国文学を通じてのこの友人は、非社交的な静雄にとっては、『わがひとに与ふる哀歌』の献辞にある「少なき友」の一人であった。池田勉を通じて、やがて栗山理一と相識った彼は「コギト」の同人で独文学者の服部正己（まさみ）（後、大阪市大教授）について、池田、栗山とともにドイツ語の個人教授を受けることを計画していた。文中の「高野山（こうやさん）にゆく……」というのは、蓮田善明を中心にこの若い広島文理大出身の国文学者たちが、夏休みを利用して高野山で合宿研修中で、この合宿に蓮田から勧誘を受けていたのである。

この交遊がやがて文芸文化叢書の一冊『詩集夏花（なつばな）』（昭一五・三、子文書房刊）となるのだが、ともあれ書簡を一読してみたい。

> 奥さんのご病気さぞご心配のことでせう。又ご不自由でせう。
>
> 三度ほど行きましたがお留守。けさお手紙とゞきました。
>
> 私は八月八日が宿直なので、高野山（こうやさん）にゆくなら三、四日頃にゆきたいと思ひます。それであなたが高野山にゆかれる時一緒に私も行かうかと思ひます。だからその前に是非一度会ひたいです。ついでの時私の家に来てみてくれませんか。私がお宅に行つてもい丶ですが、又お留守にぶつつかるといけませんから。
>
> 私はこの四日間めちやくちやに苦しい目に会ひました。といふのは近頃私は詩人でないくせに、文芸懇話会（こんわくわい）（引用注、一六〇頁参照）からの註文（ちうもん）で詩を一つ作らねばならなかつたからです。三日三晩のたうちまはつたあげく目もあてられぬ下手（へた）くその詩を今やつとひね

り出して書いて送つて、がつかり気ぬけしてゐるところです。

一月以来、静雄の詩作は極度に少なくなっている。しかし、文芸汎論詩集賞受賞後、雑誌「改造」「作品」等から執筆要請があり、ぞれぞれに「睡眠の園」「墜ちし蝶」をその六月号に執筆した。それは初夏の頃であったろう。——以後、ずっと詩作の衝動が絶えていたのである。そういう心境を自嘲癖のあった彼は、「近頃私は詩人でないくせに」といっている。制作当初「八月の石にすがりて」を彼が「……目もあてられぬ下手くその詩」といっているのはおもしろい。

この名作は作者自身の告白にしたがえば、決して会心の出来ではなかったことになるが、はたしてそうであろうか。

†痛切な自己告白

確かに、静雄にとってこの「八月の石にすがりて」を書こうとしていたこの年の七月下旬は、生活の疲労のために極度に精神が消耗していた。室生犀星の編集担当の「文芸懇話会」九月号のために三日間にわたって刻苦を重ねた末に、ようやく成った一篇である。静雄の精神は、妻の出産と育児に加えて、母の死にともなう故郷の家の整理や、妹りつや弟寿恵男の扶養などうち続いたために、三月に「コギト」第四十六号に「誓ひ」の一篇を発表した後、「文芸汎論」三月号に受賞の言葉としての「感想」を書き、「新潮」の要請でその三月号に「疾風」、さらに五月に「四季」の第十七号に「幻」、翌六月には「改造」に「睡眠の園」と、「作品」に「墜ちし蝶」等四篇の詩を発表したが、これらの詩篇は完成に遠いとして、ことごとく生前のどの詩集にも収録しなかった。静雄の精神の状態は鬱に向かって下降していた。

そうした最悪の情況下で、彼は「八月の石にすがりて」を書いた。

しかし、その刻苦のゆえか、静雄の自己評価に反して、同時代では類のない優れた抒情詩となっている。「八月の石にすがりて」は一行ごとに刻みこむような重い詩句で綴られていることで、彼の新しい詩境を築いたといってよい。

運命？　さなり、
あゝわれら自ら孤寂なる発光体なり！
白き外部世界なり。

静雄の運命の自覚と決意が述べられている。そして、またしても彼は自己の死を幻想する。烈日のもとに斃死する蝶、雪原に飢死する狼は、とりもなおさず、この生き難く苦痛多き日常の重圧に、精神の崩壊によって解体する自己の姿でもあった。その痛切な自己告白が詩となった。

「八月の石にすがりて」が発表された雑誌「文芸懇話会」は、一種の政府外廓団体として、昭和九年一月に、内務官僚である元警保局長松本学が提唱し、菊池寛・直木三十五の文壇の重鎮の協力を得て作られた官民合同の文化団体文芸懇話会から、十一年一月に創刊された雑誌である。政府支援の文芸・思想をコントロールする柔構造の政策であった。

その創刊号の「宣言」には「文芸懇話会は、思想団体でもなければ、社交倶楽部でもない。忠実且つ熱心に、日本帝国の文化を文芸方面から進めて行かうとする一団体である」とうたっているが、内務官僚松本学による文壇統制を意図したこの文化組織は、現代文学への権力支配として、若い作家・知識人の鋭い批判を浴びていた。

二・二六事件を契機に、時代は急速に右傾していく。二年前からその発刊を準備されていた「文芸懇話会」が、このクーデターの年に創刊されていることを、昭和文学史の上からやはり注目せねばなるまい。その第一巻第九号にあたる九月号は室生犀星の編集で、同誌最初の詩の特集号であった。執筆者は伊東静雄のほかに立原道造、津村信夫、中原中也、三好達治、竹村俊郎、神保光太郎ら「四季」の同人を中心に、草野心平、佐藤惣之助、北川冬彦、菱山修三らも加わっていた。

「八月の石にすがりて」はこの号の巻頭詩であった。この「文芸懇話会」九月号に立原道造が「花散る里——FRAU R.KITA GEWIDMET」を寄稿したことに対する友人寺田透の批判が原因で、道造は寺田に絶交を宣する。寺田と道造の対立は寺田の「未成年」脱退によって、「未成年」そのものが解体に追い込まれてしまう。

この道造と寺田透の対立は、当時の青年たちの文学における知的良心の問い方を示すものであった。

✝愛国詩人？

孤独な単独者であり、異風者であった静雄は、保田與重郎との交遊から「コギト」「日本浪曼派」に参加することで、彼の意志の外で、しだいに時代の渦中に足を踏み入れていった。名詩「八月の石にすがりて」もまた、彼と関わりのない場所で、昭和十年代の文学的ファシズムの渦中に組み入れられ、評価されていったところに、彼の詩人としての悲劇があった。

「八月の石にすがりて」は、一個の生活者としての人生の凝視によって歌われた反世界の具現であった。「大阪が私に詩を書かせた……」という告白は、生活者としての静雄の発言である。「あゝわれら自ら孤寂なる発光体なり！／白き外部世界なり。」という一読難解な詩句は、生活者としての現実感覚がどれほど詩的に昇華しうるかという可能性を自らに課した者だけが発しえた詩語として作品に結実したものである。

したがって、いまや定説化しようとしている小高根二郎の評伝『詩人、その運命と生涯』（昭四〇・五、新潮社刊）において述べられたような、この一篇が、昭和十一年二月の近衛師団の青年将校たちによるクーデター、二・二六事件の雪の反乱の主謀者処刑との関連説は、説としては興趣ある見解ではあるが、静雄がこの雪の反乱に対してどれほどの関心と思想的共鳴をもっていたかを実証する文献はどこにもなく、憂国者伊東静雄という詩人像は、はなはだ説得力を欠いている。

静雄はこの夏、「コギト」へ寄稿もせず、同人たちとも音信も交わさず、沈鬱に日々を、生活のためにだけ精神を磨耗させながらやっと生きているというほどの過労の中に生きていた。

しかし、この「文芸懇話会」九月号の巻頭詩「八月の石にすがりて」は、作者としての詩人伊東静雄の意志にまったく関わらぬところで、昭和十年代の文学的ナショナリズムを担う詩として、広く時代の詩的共感を得たことは確かであろう。

「コギト」への参加は、伊東静雄に同時代の詩から離反の途をたどらせた。保田與重郎への思想的共鳴が、伊東の詩を異端から時代の正統者へ押しあげていった。「文芸文化」の蓮田善明との親交も、それを増幅する要素となったであろう。

しかし、保田與重郎や蓮田善明のような熱狂的なナショナリストとなるには、静雄はあまりにも生活者としての現実の深重を負いすぎていた。保田與重郎の生家は豊かな大和の地主層であり、蓮田善明もまた、九州の名刹の子弟である。彼らは生活に窮迫することのない豊かな中産階層の出身者であり、静雄は亡父の負債に加えて、まだ大学就学中の弟、未婚の妹を扶養すべき義務のある伊東家の家長であり、生活の全重量が経済的な負担となって、その日常を圧していた。

それにひきかえ、保田與重郎はいまや時代を主導する思想家、評論家であり、蓮田善明は将来を嘱望される新進の国文学者である。そうした生活次元の相違が、保田與重郎や蓮田善明のごとく、思想としてのナショナリズムに静雄を志向させず、より心情的な大衆ナショナリズムの渦中に埋没させていった。

この生活の次元からの静雄の人と文学が語られることが少なく、多くの場合、昭和十年代という時代の思想としてのナショナリズムにおいて、その文学が截断され、あるいは賞讃されてきたことは、静雄の文学の不幸といわねばなるまい。

（『伊東静雄』昭五五 1980）

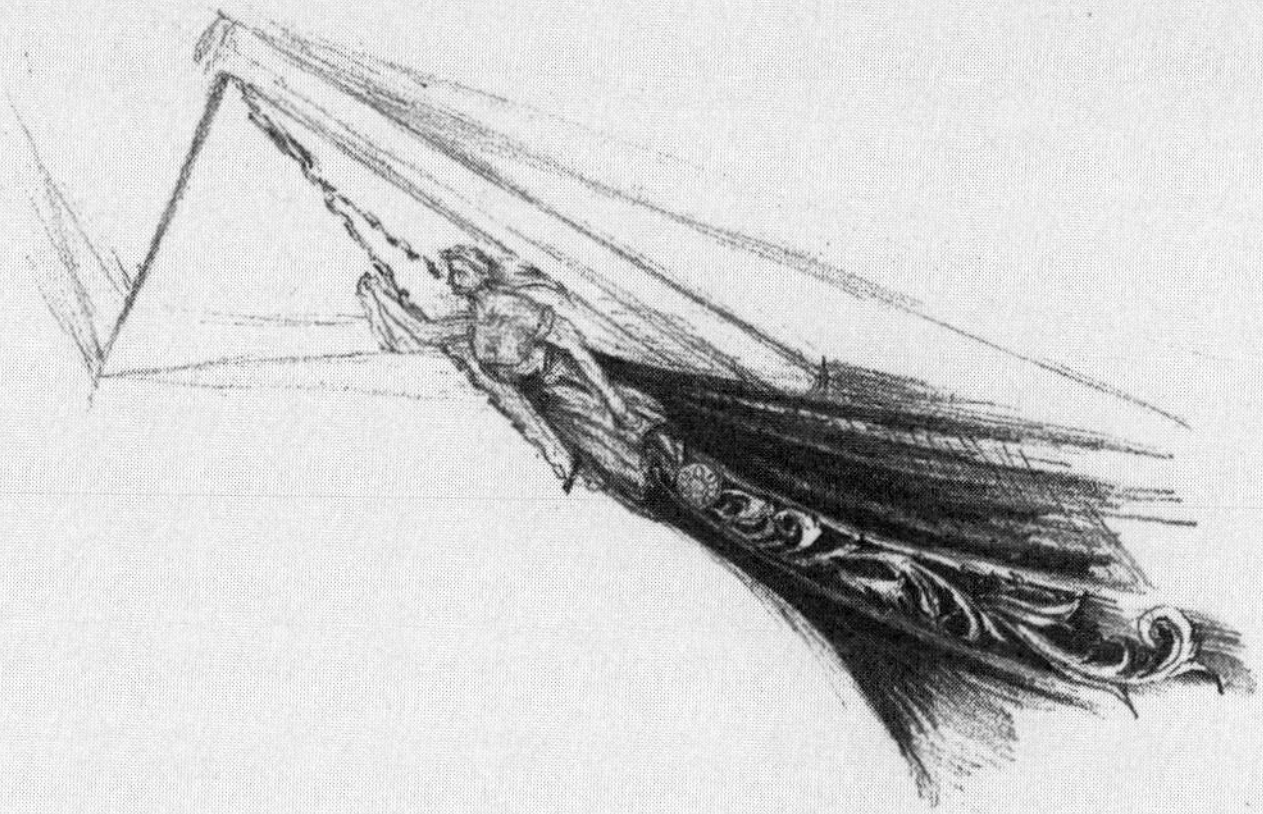

Ⅱ

詩神の魅惑

――詩の森へ

6

逸見猶吉 (1907–1946)

ウルトラマリン

第二・兇牙利的

レイタンナ風ガ渡リ
ミダレタ髪毛（カミゲ）ニ苦シク眠ル人ガアリ
シバラク太陽ヲ見ナイ
何処（ドコ）カノ隅（スミ）デ饒舌（シャベ）ルノハ気配ダケカ
毀（コ）ワ（ママ）レタ椅子（イス）ヲタタイテ
オレノ充血シタ眼ニイツタイ何ガ残ル
サビシクハナイカ君　君モオレヲ対手（アヒテ）ニシナイ
窓カラ見ル野末（ノズヱ）ニ喚（ワメ）イテル人ガアリ
ソノ人ハ顔ダケニナツテ生キテユキ　ハツハ

オレハ不逞々々（フテブテ）シクヨゴレタ外套（グワイタウ）ヲ着テル
酔フタメニ何ガ在（ア）ル
暴力ガ在（ア）ル　冬ガ在ル　売淫（バイイン）ガ在ル
ミンナ悪シキ絶望ヲ投ゲルモノニ限リ
悪シク呼ビカケルモノニ限リ
アア　レイタンナ風ガ渡リ
オレノ肉体ハイマ非常ニ決闘ヲ映シテヰル
（『学校詩集』昭四 1929・一二）

†詩人逸見猶吉の登場

昭和四年も押しつまった十二月、前橋からささやかなアンソロジー『学校詩集』（学校詩集発行所刊）が伊藤信吉（しんきち）の編集で草野心平（くさのしんぺい）を中心にして、後に詩誌「歴程（れきてい）」の主要メンバーとなったモダニストの範疇（はんちゅう）に属さない詩人や、アナーキストの詩人、もしくはそれに近い詩人たちの手によって世に送られた。

当時、詩壇はすでに詩集『月の出る町』（大一三・七、地上社印刷部刊）の抒情的な象徴詩手法を一擲（いってき）した春山行夫（はるやまゆきお）による「詩と詩論」（昭三）が創刊され、この「新散文詩運動」若しくは「新詩精神運動」と呼ばれる昭和現代詩の新しい文学のキャンペーンが、ようやく大正期の詩人たちの詩業を時代の後方にかすませ、新文学の旗手として、昭和詩壇の主流を形作りつつあった時代であった。

『学校詩集』に名を連らねた詩人たちもまた大正期と時代を画する新しい文学を形成しようとする点においては、この新しい文学のキャンペーンに参加した詩人たちと軌を一にするが、前者の前衛的・主知的傾向とは自ずとある距離を置くアナーキックな一群であった。むしろ前期の昭和現代詩においては詩史的に位置づけることの非常に難かしい詩人たちといってもよいかもしれない。

この『学校詩集』には、かつて「鴉母」（昭二）などの個人詩誌で習作を発表していた、一部の人々を除いてはまだ無名に近かった早稲田大学の学生大野四郎が、逸見猶吉のペンネームで「ウルトラマリン」の連作として「報告」「兇牙利的」「死ト現象」の三篇を発表した。この三篇の詩は当時の詩壇に大きな衝撃を与えたらしい。「歴程」において逸見と常に文学活動を同じくした大江満雄は「『ウルトラマリン』は素晴しかつた。この連作だけでも逸見猶吉は充分に詩人だつた」と回想して語っている。事実、逸見の詩は詩誌「学校」および『学校詩集』に「ウルトラマリン」の連作を発表するに及んで俄然詩壇の注目を集め、詩人逸見猶吉の存在が昭和詩史の上に認識されるようになったのである。

†故郷の喪失

この片仮名書きの激しい詩句には、伊藤信吉（しんきち）のことばを借りれば、「この作品を手にしたとき私はいいようのないショックをうけたことをおぼえている。……（中略）……きびしく結晶した言葉。そのおどろきは私ひとりのことではなかつた。」（創元社版・現代詩人全集第十二巻、解説、昭二九・四）という評語の通り、暗い虚無の傾斜に立っている一人の青年のむき出しになった自我意識の傷口が深く暗く開かれてある。

十二月・雲母（キララ）ノ下ノ天末線（テンマツセン）　鉄ノヤウニソレハ
背ヲ向ケル無表情　天来（テンライ）ノ酷薄（コクハク）
（「ウルトラマリン」第三「死ト現象」末尾）

絶望ニユヅルモノ無シ
ヂカノ背後ニ傷ツケル糧（カテ）ヲ曝（サラ）シテ
ナホ　生涯ノ迂曲（ウキヨク）ト離反ニ吹キ荒（ス）サブ北北西
ヂリヂリト兇猛（キヨウマウ）ナモノガ血脈ニ逆（サカ）巻キ
（「冬ノ吃水（きつすい）」第三連冒頭）

頸(クビ)ヲソグ飢餓ノ飾リナク　無為ノ脳漿(ナウシヤウ)ニ翼(ツバサ)折ラレ　オレ自(ミヅカ)ラノ
腹立タシイ重量ヲ負ツテ　コノ厲(ハゲ)シイ天幕カラ　遠望ノ限リヲ翔(カ)ケテユカウ
（「厲シイ天幕」第三連冒頭）

凄愴(せいそう)といっていいくらい激しい詩語の終始が、片仮名書きで鋭角的な印象を与える表記の中からスラブ的な暗鬱(あんうつ)の不協和音を響かせてくる。同じ「歴程(れきてい)」の草野心平の原衝動的な対象の追求と一見相似するところはあっても、草野心平の詩では常に汎神論(はんしんろん)的愛に繋がるヴァイタリティが、健康な倫理に支えられているところに、この両者に根本的な次元の相違があるのである。

確かに逸見(へんみ)の詩に見られるこうした烈しい自我意識の定着は、審美的なものに文学の永遠を見ようとしていた古典から近代にいたるこの国の詩人たちに見られない、新しい文学性を持っていたのである。「ウルトラマリン」という標題が連想させる極北の青く黒い非常な容積は、彼の生涯の詩を貫くモチーフでもあったのである。

この反逆と敗亡の自我の痛みは多分にその閲歴(えつれき)に根ざすものではないだろうか。暁星(ぎょうせい)中学でフランス語を学びランボオに傾倒した都会的な文学少年大野四郎や、ダンディなそして虚無的な早大の青年詩人「大埜士路(おおのしろ)」という閲歴の中には、こうした荒々しい原初的な詩は生まれない。「ウルトラマリン」には、柔軟で優雅な都会人の身ごなしがない。逸見の詩魂ははじめから人間の生への暗鬱な衝動に根ざしている。

逸見猶吉こと大野四郎は、明治時代最大の社会問題として、世の注目を集めた鉱毒事件の中心地、渡良瀬川沿岸の栃木県下都賀郡谷中村（現、下都賀郡藤岡町の一部）に生まれた。この大野家はこの地方切っての大地主であり、代々名主を務めた名家であった。当主であった祖父の孫右衛門は鉱毒事件以前村長職にあったが、鉱毒事件の紛争問題から、英吉利法律学校（現、中央大学）在学中の、四郎の父東一を東京から呼びもどして村長職をゆずり隠棲した。

明治の知識人であり、名家の子弟だった二十一歳の大野東一村長には鉱毒事件の解決を計るには余りに脆弱だった。孫右衛門自身はむしろ村民に対立して、銅山側の立場に終始したらしい。東一との間に意見の衝突があったらしく、東一は内と外の圧力に抗しかねて、谷中村廃村以前に村長職を辞した。以後廃村まで谷中村には村長の後任がなく、事実上東一が最後の村長になったのである。したがって、廃村に対してもむしろ積極的であったろう。

この祖父のいわば故郷の人々への背信は、後年の猶吉の心に深く傷口をあけることになった（菊池康雄「逸見猶吉ノオト」「歴程」昭三三・九）。すなわち、谷中村を、鉱毒を沈澱させる貯水池とするため、栃木県は村民に退去を命じ、明治四十年（一九〇七）一月二十六日には政府が土地収容法の適用を公告し、残留していた村民の家屋の強制破壊が行われた。この事件は官憲の村民に対する苛酷な弾圧と、村民の絶望的な抗争とその敗北とに彩られている。翌年、谷中村全域は「河川地域」に指定された。

逸見猶吉が永久に故郷を失い、東京に移住した明治四十一年には、彼は数え年二歳であった。もちろん二歳の嬰児にこの事件の直接の記憶は皆無であろう。しかし、祖父の背信によって幼年にして永久に故郷を捨て、帰るべきところを喪失したという事実が、彼の自我の形成に投影し、彼の生涯を貫いた反逆の心と漂泊の想いとのモチーフとなっていることは見逃すことのできないことである。

でなければ、「ウルトラマリン」の自我の痛みは説明できない。確かに逸見の詩は当時斬新だった。そして、彼の詩は過去のこの国のどの詩人の作品にも似ていなかった。

> おそらくは、無垢の血潮の中に、荒涼の音を感じとったのではあるまい。血潮が無垢であれば、ウルトラマリンの寒烈さは、あのように純粋に歌い出されなかったにちがいない。彼は、ざらざらの黄ばんだ肌に荒い鋸を入れることに依って、汚れた己の血潮を噴き出さしめた。……（中略）……よどんだ血のにごりを噴き出させるために、彼は盗人のように己を奪ったのである。
>
> （高内壮介「逸見猶吉」「世界像」創刊号、昭三六・一二）

右のことばの通り、逸見の詩の発想には従来のこの国の詩に見られる審美意識を超えた姿勢がある。逸見の〈新しさ〉はそれであった。

†独自の〈新しさ〉

しかし、この〈新しさ〉は、「新詩精神運動」に参加した詩人たちと自ずと質を異にする〈新しさ〉である。それは「詩と詩論」を中心に集(つど)った詩人たちの、超現実的な乾いた非音楽的な抽象性をもった詩法——ことばの遠心的な拡散によって作られた新しい形象による審美的なものの創造とは根本的な落差があった。

燃えるアスファルトの道をゆき
汝の手は焼け
死は絶望の手摺(てすり)をさまよふ
僅(わづか)かにミルクを飲み
疲れて笑ふ

＊

石から立ちあがり

絶望に歩みより
駒鳥(こまどり)も鳴き
ひとり怒る
パイプはつまり
名も忘れた

（北園克衛「熱いモノクル」11、1、『火の菫』昭一四・一二、昭森社刊）

枝を折り
すぎゆくものは羽搏(はばた)けよ
暴戻(ぼうれい)の水をかすめて羽搏けよ
石をもつて喚び醒(さ)ます
異象(いしやう)の秋に薄(せま)るもの
獣を屠(ほふ)つて
ただ一撃の非情を生きよ
…………………………
きみの掌(てのひら)に
すぎゆくものは

沸々(ふつふつ)たる血を軌(ひ)きたまへ
ふりかかる兇(きよう)なる光暉(くわうき)の羽搏(はばた)きに
野生の花を飾るもの
血肉を挙げ
あくまできみの非情を燃えよ
……………………

（逸見猶吉「牙のある肖像」II・部分）

この二篇を列挙して一読すれば自ずと質的相違は自明である。逸見(へんみ)の詩には、シュールレアリストの詩人たちやその周辺にあったモダニストの詩人たちにない——というよりも故意に排除されている音楽性がある。その律動は詠嘆のための律動、「もののあわれ」といった審美的な抒情のための律動とも異なる。この詩に限っていえば、これはむしろ幸田露伴(こうだろはん)の「五重塔(ごじゅうのとう)」における嵐の描写に用いられた律動に近似するものがある。鮎川信夫(あゆかわのぶお)のいう「自らの言葉に陶酔する」という逸見の欠陥もこの詩からは指摘できるであろう。

しかし、柳沢健(やなぎさわけん)の次の詩と比較するとこれまた、逸見の詩との質の距離を測ることができる。

緑が雪のやうに降る……

薄色のリキウルに、
ふたりのさみしい瞳（ひとみ）が、
逢つて、また、わかれる。

嵐のなかに、
冷たい指環（リング）が、
ほんのり手の汗にくもり——
そしらぬかほで、
苺（いちご）を、乳のなかで、そつとつぶす。

いつか、ふたりの『春』も死んだ。

緑が雪のやうに降るなかに、
噴水が、遠い空の希望（のぞみ）が、

ちらちらと燦きます。

（「夏」『果樹園』大三・一二）

ここで篠田一士の「海外詩と近代詩」（『近代詩』〈近代文学鑑賞講座第二十三巻〉昭三七・四、角川書店刊）の論旨を藉りれば、この「夏」においては「初夏」のイメージと「恋情」のイメージが融合して一つの心象風景を巧みに描き出し、都会の初夏の物憂く明るい情趣を北原白秋などよりも新しく、堀口大学よりもなお繊細に表現している。

しかし、逸見猶吉の諸篇と比較した時、それは言語の力の脆弱さを感じさせる。逸見の詩の世界においては西欧のそれとあまり落差を感じさせないほど、心象の多層的な沖積が人間の心理の深部にまで達しているのに対して、この「夏」においては恋するものの切なさが「緑の雪のやうに降る……」という一行の詩句にあるアレゴリツク（寓意的）な詩句を支えにした情調的な抒情詩であり、多分に新古今集的な脆弱さがある。そして、このことは西欧のサンボリスム（象徴主義）のそれとははなはだ質的に距離を置くものになっている。

逸見の詩は前時代の象徴詩派からも民衆詩派からもその遺産を継承していない。と同時に同時代からもその影響を蒙っていない。彼が「詩と詩論」に対抗する「新詩論」（昭七・一〇創刊）の寄稿者であった事実は彼の場合、この時代の文学運動の埒外にあって、フランスの象徴派詩人ランボオまで遡行せねばならないことを示している。

†ランボオの摂取

ランボオは十代の彼にとってなによりも教典だった。彼は唯一ランボオによって多くを学んだ。

自然力に何のシステムがあらう。ランボオにも亦システムが無い。在(あ)るものは唯(ただ)、流れゆく不可思議な音楽と、移りゆく印象的な絵画と、而(しか)して無量の感慨である。限りなく孤独な魂に満載せる、人間への憎悪である。

（中略）

……ランボオに於ては、その詩篇を系統的な思想に纏(まと)めるのが困難である。たゞ、荒海に突き出た岸頭に佇立(ちょりつ)して、強き海風と浪のしぶきを受けつゝ、山も鳥も舟も見えぬ沖を空とを眺むる心持である。彼の詩に対する時、読者は此処(ここ)に我在りと思惟(しゐ)するの権利を抛棄(はうき)するであらう。

（中略）

ランボオの詩の基くところは、断じて基督(キリスト)教の精神ではない。醇乎(じゅんこ)たるパガニスム（引用注、異教）である。

（中略）

――『イリュミナション』と『地獄の一季節』とは、我等には孤独の饗宴の燈火、爐火の如く現はれる。而も我等はそこに招待せられてゐない。我等に向つて話しかけてゐるのではない声が聞えて来るのだ。

といふデュアメルの半ば絶望的な讃美こそ、今の私には泌々と親しみある言葉である。

（辰野隆『仏蘭西文学』上、昭一八・五、白水社刊）

これは辰野隆のランボオへの評である。

「在るものは唯、流れゆく不可思議な音楽」「無量の感慨」……そして「限りなく孤独な魂に満載せる、人間への憎悪」という言葉は、そのまま逸見の前期の詩集にも冥合する評語でもある。ランボオの詩が自然力と同じくシステムが無いというところも同様である。彼の詩がモダニズムと画然と一線を引かれる点である。

小林秀雄訳のランボオの詩集『酩酊船』『地獄の季節』はそれぞれ昭和五年の一月、十月に刊行されている。この訳詩集は従来の詩人たちが受けとっていた象徴詩の概念を大きく揺さぶったことは確かであろう。これは小林秀雄の詩心を媒体として成立しえた、ランボオの本質にはじめて迫りうる訳詩集である。もちろんこの訳詩集の初版に、いくつかの語学的な誤謬を指摘することは今日容易である。しかし、そのことは決してこの訳詩集の評価を変えるものではない。

「ウルトラマリン」連作の成立は発表の昭和四年十二月の約一年前であるから、逸見の詩には、この訳詩集の直接の影響はなかったようである。そしてまた、彼と小林秀雄との交友は中原中也・富永太郎と小林の場合のように密接ではない。むしろこの期には、逸見は菱山修三、坂口安吾、大江満雄との交友があり、彼らはそれぞれまったく異種の文学グループに所属していた。逸見と小林の年譜をたどってもついに重なるところがない。

――ということは、逸見は彼自身の方法でランボオを摂取したといえよう。

そして、そのことは、彼がランボオのごとく生きたのではなく、ランボオの詩のごとく生きたことを示している。そこに詩人逸見猶吉の栄光と挫折があったのである。

†サンボリストとしての挫折

散文詩の形態を詩の一般的な様式として肯定しうるまでに高めたのは「詩と詩論」の詩人、なかでも安西冬衛であった。しかし、安西らモダニズムの詩人たちと異なる場においても、あの大正時代の民衆詩派の詩人たちによって書かれた散文詩と銘うたれた非詩的散文を脱却した作品が存在していたのである。

逸見猶吉が学んだ形態も『地獄の一季節』、『飾画』（イリュミナシオン）に拠るところが多い。この散文詩という形態によって、自由により複雑に重厚に作品の主題を表現し、前時代の象徴詩の持ちえないはるかに広い新しい領域に拡大することができたのである。

……十九歳で文学的自殺を遂行したランボオは芸術家の魂を持つてゐなかつた、彼の精神は実行家の精神であつた、彼にとつて詩作は象牙の取引と何等異る処はなかつた、とも言へるであらう。

（小林秀雄「ランボオＩ」）

しかし、逸見猶吉は芸術家の魂を持ち過ぎていた。ランボオとの根本的な落差はそこにある。高内壮介はこれを次のように述べている。

……よく逸見がランボーに比較されるが、思想と肉体の分離のない彼は、ついにランボーのようなシュルレアリスム或はダダから発想する現代詩の潮流の源泉たり得なかった。彼は其の点、稀有な人生派詩人の一人にとどまったのである。

（高内壮介「逸見猶吉」）

彼の内部的な挫折はここにある。ランボオがその美意識のために払った代価よりはるかに高価な代償を払いながら、彼はついにランボオたりえなかった。

この国の詩歌の精霊はひそかに逸見の詩心にもぐり込んでしまったのである、以来、彼は人生を詠嘆でもって歌うという呪縛をかけられた。もはや再びランボオのように無垢を抱いて一切の存在を蹂躙する（小林秀雄）ことを罷めたのである。

逸見の作品を制作順で読んでいくと、その集半ばで唐突に急変する。それまでの豊饒な影像、硬質のぎらぎらした詩語、そして、その鋭角的な語と語の組合せによって貫かれる自我の激しい疼みは、なんの予告もなしに突然文語による抒情の姿勢に変貌する。

冬なれば大藍青（らんじやう）の下の道なり
樹々のはだ臘（らふ）のごと凍りはつれど
樹々はみなつめたき炎に裂かれたり

（「無題」冒頭）

ここに至ってランボオ的発想は一擲され晩年の萩原朔太郎に共通する悲愴な敗残の詠嘆が聞かれるのである。「ウルトラマリン」に見られた自らの言葉の調子に陶酔したものは漂白され沈潜して、魂の疼みのそのまま直截に伝わってくるような詩風を見せる。サンボリスムの上では挫折であってもそれは逸見の詩の完成であった。

埠頭区(ブリスタン)ペカルナヤ
門牌(もんぱい)不詳のあたり秋色深く
石だたみ荒くれてこぼるるは何の穂尖(ほさき)ぞ
さびたる風雨の柵(さく)につらなり
擾々(ぜうぜう)たる世の妄像(まうざう)ら傷つきたれば
なにごとの語るすべなし
巨(おほ)いなる土地に根生えて罪あらばあれ
万筋(ばんきん)なほ慾情のはげしさを切に疾(や)むなり
在(あ)るべき故(ゆゑ)は知らず
我は一切の場所を捉ふるのみ
かくてまた我が砕く酒杯は砕かれんとするや
かかる日を哀憐(あいれん)の額(ひたひ)もたげて訴ふる
優しさ著(し)るしきいたましき
少女名は

風芝(ふおんず)とよべり
死の黄なるむざんの光なみ打ちて
麵麭(パン)つくる人の影なけれどもぺカルナヤ
ひとしきり西寄りの風たち騒ぐなり
（「哈爾浜」、昭一四「満洲浪漫」第三輯）

昭和十二年に満州に渡った後の作品の中で、この「哈爾浜(ハルビン)」は絶唱ともいうべき作品である。幼年にして故郷を喪失して、世に抗し、流亡(りゅうぼう)の極みにあって、荒涼の中に透徹した人生嗟嘆(さたん)の詩境にたどりつく。「ウルトラマリン」にあった反俗の激情は、ここではまだ燃えつきぬ虚妄(きょもう)への深い嗟嘆となる。鬱屈(うっくつ)した怒りは酒盃を自ら砕き、わずかに哀憐(あいれん)の少女の額に慰められる。人生に挫折したものの言いようもない哀しみがどの詩句にも満ちている。この国の詩歌の伝統的な精霊が、触媒になって、この詩を読む者に普遍的な共感を呼び起こす。

この転換は、彼が教典としたランボオを放棄することである。彼にとってランボオの放棄は、一切の放棄を意味する。それはとりもなおさずサンボリストとしての彼の文学の上でも挫折することに外ならない。

†伝統への回帰

昭和十年八月、彼は飯尾静と結婚し、東京の小石川白山御殿町一〇六に居を構える。そして十年に渉る放浪生活に終止符を打つ。この七ヶ月後、翌年三月長女多聞子が出生する。彼はこの時数え年三十歳。すでに青春の終わりであった。生活上の根本的な変化が、彼の文学を変質させ、伝統に回帰させたのであろうか。飯尾静は、彼が満州の長春郊外引揚者収容所で病死した後、引揚の途次で亡くなった。

もう一つ年譜の上から、昭和十年に創刊された詩誌「歴程」が彼の手によることと、白山御殿町の彼の自宅がその最初の発行所になっていることも昭和詩史より見落とすことができない記録であろう。

昭和十二年多聞子の短い生涯は三月で終焉する。その愛嬢の死という記憶を振り捨てるように、あわただしく六月、彼は一家をあげて満州に渡る。二度と帰らない日本海を渡ったのであった。

中原中也の場合、彼の魂に巣喰ったランボオは支離滅裂な未完成の美しさを遺して、彼の死とともに消えていった。逸見の場合、その詩は一応の結実を見たにかかわらず、サンボリスムはここでも明治以来と同じく、次の展開を見ず仇花に終わったのである。はたして象徴主義は、批評家の村松剛の指摘するがごとくこの国の詩人にとって、ついに理解を超える文学なのであろうか。しかし、このたびの崩壊は、その理解や享受の方法に誤謬のあるための崩壊ではなく、それぞれなんらかの意味において、内部崩壊のために自壊していったのである。

近代の詩人たちは軌を同じくするように、ヨーロッパ文学の中に青春を見出し、青春の終焉とともに日本に回帰する。逸見猶吉もその例外ではなかった。

（「逸見猶吉におけるその崩壊」『日本象徴詩論序説』昭三八 1963）

7

津村信夫

(1909–1944)

抒情の手

——夏のいやはての日娘たちが私に歌つてくれた。


美しい日和(ひより)は　あと幾日つづくだらう。夏の終り、日のをはり。

人は去る、私達のさしのべた手、優雅に、又うち戦(おのの)き、人は去る、またの日の想ひのなかで。

空なる馬のいななき、うち振るたて髪に、「秋の歌*」が聞えるやう。

美しい日和は、ほんたうに幾日つづくだらう。

美しい日和はこと切れた、私達の胸(むね)ぬち*で。

それを信じないのはお前だけだ。
それを知らないのはお前のみだ。

この作品は、第一詩集『愛する神の歌』に収められている。同詩集のモチーフとなった三人の女性、〃ミルキィ・ウェイの少女〃内池省子、〃信濃(しなの)少女〃茅野昌子、姉道子のうち、ミルキィ・ウェイの少女のための一篇。作者の青春の哀傷を高原の晩夏に美しく歌いあげた、きわめて「四季」的な詩篇である。

＊「秋の歌」――ここは単なる秋という季節の歌という意でなく、ボードレールの詩「秋の歌」をふまえての秋の歌の意か。

＊胸ぬち――胸のうちの意。

津村信夫　つむら　のぶお　明治四十二―昭和十九（1909―1944）。神戸市生まれ。慶應義塾大学経済学部卒。月刊「四季」創刊とともにその同人に加わり、北欧文学の影響のもとに一種清明な抒情詩を発表。浅間(あさま)高原を愛し、戸隠(とがくし)を愛し、それらの風土は常にその詩的背景となった。その温雅で明るい詩風は立原道造(たちはらみちぞう)、野村英夫(ひでお)らと並んで「四季」を代表するものであった。後に小説に転じ、いくつかの短編があったが、夭折(ようせつ)したため、それらは未完成のままに終わった。詩集『愛する神の歌』（昭一〇）、『父のゐる庭』（昭一七）、『或る遍歴から』（昭一九）、『さらば夏の光よ』（昭二三）、短編集『戸隠の絵本』『善光寺平』（昭二〇）、『初冬の山』（昭二三）など。

†青春の哀傷

右の詩「抒情の手」は第一詩集『愛する神の歌』（昭一〇・一一、四季社刊）の第二章に当たる

「雪のやうに」に収録された一篇である。初出は昭和十年一月発行「四季」第四号（二月号）で、右の詩集収録詩篇の中では比較的新しい作品である。

この『愛する神の歌』はまず巻頭詩に「矜持」を置き、以下「馬小屋で雨を待つ間」「雪のやうに」「北信濃の歌」「石像の歌」の四章六十四篇をもって構成されている。立原道造はその評「愛する神の歌」（昭一一・二「四季」第十五号）の中で、この一冊を《一つの物語》として読み、「小扇」より「抒情の手」までを青春の哀傷と見、その頂点を「抒情の手」であるとし、「星へ」以下十八篇の「石像の歌」の章を姉道子への挽歌としている。そして、「雪のやうに」のうち「追憶」以下四篇および「北信濃の歌」の章七篇は、この二つの主題の中に置かれた間奏曲と読んでいる。

この一冊の主題を読み取ろうとする場合、立原のこの分析は非常に明快なものである。

ここで多少伝記的注釈を加えるならば、津村信夫の文学的出発は「アララギ」への短歌投稿からはじまる。彼の短歌への接近はその療養中、姉道子のすすめで、斎藤茂吉、島木赤彦、中村憲吉の歌に親しんだことが契機となっている。

いたづきは日益にいえて快よし秋大根の種をまく頃

この最初の投稿歌は昭和三年十月号「アララギ」の土屋文明選「十月集其三」に採録された。それは彼の数え年二十一歳のことであった。

後年の彼の詩に見られる一種の清明な影像と、その音楽的韻律に満ちた抒情性は、その文学が短歌より出発したことによるのではないだろうか。

山の上のゴルフリンクの夕あかり異国少女球をうちゐる

噴水のほとりにここだ咲き乱る松葉牡丹（まつばぼたん）のうつくしき色

右二首はそれぞれ中村憲吉選の「十月集其三」「十一月集其三」に採られたものである。彼の詩的生涯の前半に、その抒情詩の詩的風土となった軽井沢は、彼の最後の作歌（以後、彼は詩に転じた）となった右二首をもって歌い起こされ、「抒情の手」をもって終わっている。津村の青春の抒情は、〝ミルキィ・ウェイの少女〟内池省子との邂逅によって開花する。彼女は、父の経済学者津村秀松博士の友人の一人の令嬢として詩人の前に現われ、束の間の夏の光とともに詩人の傍から立ち去っていく。

楽しかつたね。——ああ、ほんとに楽しかつたよ。

私はひたすら静謐（せいひつ）を求めて、現世（うつしよ）で、たつた一人の少女を想ひつづけて。……
（「花にとけた鐘（アンヂエラス）」七～八行）

かつてのミルキィ・ウェイ、三笠の森の美しい木立の奥に去っていった軽井沢の夏の日の少女。その喪失の中から『愛する神の歌』は結晶した。

こうした年譜的な背景——つまり下部構造に関する問題は「アララギ」の短歌によってその文学的出発をした彼の場合、立原道造の十四行詩と異なって、告白的心情というものがその詩の発想となっているゆえに重視しなければならないのである。

「抒情の手」は彼の愛するドビュッシィやショパンのピアノ小奏鳴曲（ソナチネ）のような美しい風韻（ふういん）を持つ小曲である。——そういう意味で津村の数多くもない全詩篇の中で、これは最も優れた詩篇の一つである。「さらば束の間の我らの夏の強き光よ」というボードレールの「秋の歌」の詩句は彼の愛唱する一節であった。この一篇の主調音も、また、同じものであるといえようか。副題の「夏のいやはての日娘たちが私に歌つてくれた。」はこれまた彼の愛唱するフランシス・ジャムの詩集『夜が私に歌ってくれた』にならったものであろう。——したがって、この一篇は娘たちの歌という形をとって、自己の心情の告白を一つ屈折させた形において歌ったものであろう。この一篇は問いと、谺（こだま）のように返る答えとの交響によって構成された詩であり、造形の確かな詩である。

†光と影、生と死

さて、第一連の「美しい日和(ひより)は　あと幾日つづくだらう」という詩句は、「夏の終り」の「日のをはり」の、その「美しい日和は　あと幾日つづくだらう」という、娘たちの問いかけである。津村にとっては高原の夏、それらの日々はミルキィ・ウェイ内池省子との邂逅(かいこう)の夏であり、その俤(おもかげ)の生きていた夏である。高い空と乾いた風に満ちた夏の日はもう終わろうとしている。

その問いに応(こた)えるものは〈娘たちの優雅な手〉であり、〈天馬のいななき〉と〈その流れるようなたて髪〉に象徴される秋の気配なのである。清明で、鮮やかな影像と韻律は、「人は去る」「人は去る」と繰り返し哀切をこめて呟(つぶや)かれる。このトーンはまさしく失われた大正期の象徴詩のものである。ここに聞こえる《秋の歌》は単なる季節の歌でなく、死の予感に満ちたあのボードレールの「秋の歌」でなくてはならない。問いに対して応えるものは、たちまちにして輝きつくして、死へと導かれる時間であった。

光と影、生と死の鮮明な対比の中で、なおも光と生とを歌いつくし、生きつくそうとするものが、読む者の胸奥(きょうおう)に一つの共鳴を作りあげる。抒情詩が魂の孤独な告白であるならば、これは醇乎なる抒情詩である。構成からいえばここまでが起と承に当たる。

第三連に移って、詩は再び「美しい日和は、ほんたうに幾日つづくだらう」という問いが繰り返される。そして、その問いもまた「美しい日和はこと切れた、私達の胸ぬちで」と空しい谺になって返ってくる。その「美しい日和」は娘達の「胸ぬち」ですでに死んだ。

浅間高原の八月に、人はしばしばこうした日を思い知る。光はまだ夏のままに輝きながら《寒さの闇》を含む秋が、空の色の奥にひそんでいる。浅間高原は一日ごとに山脈の遠みから澄みとおり、二つの季節が同じ時間の中に存在する。それはそのまま生と死の二つの歌――いわば生きているという意味そのものを象徴するかのような想いに憑かれるのであった。「またの日の想ひのなかで」去った人はもう再びもどらぬであろう。

立原道造はこの返らぬ想いを、「あの日たち　あの日たち　帰つておくれ」と「夏花の歌」（その二）でうたい、「かへつて来て　みたす日は　いつかへり来る？」と「また落葉林で」で美しい問いかけでうたい、津村の詩境と自分の詩境との間に「神がふき給うた竹笛のような」和音を奏でた。

この返らぬ想いは終連において「それを信じないのはお前だけだ。／それを知らないのはお前のみだ。」で結ばれる。そこにこの輝かしい一刻をまったき形で生きようとする彼の情念がこめられている。

しかし「抒情の手」を最後に、津村の詩はミルキィ・ウェイの少女の俤（おもかげ）を喪失する。津村の生涯の性癖ともなった信濃（しなの）の彷徨（ほうこう）はこの夏のいやはての日よりはじまるのであった。雑誌「四季」を中心とする詩人たちの詩業を、もしも一つのエコール（流派）と考えた場合、津村信夫（のぶお）の詩は立原道造の詩と並んで、最も「四季」的な詩であった。「抒情の手」の一篇はその「四季」的な――いわゆる《四季派》のすべての特質を具えている詩といってよい。

ここにはその象徴的な手法によって一つの小宇宙がみごとに構築されている。

（『詩神の魅惑』昭四七 1972）

8　能美九末夫

冬の黄昏(たそがれ)に

薄い茜(あかね)に染(そ)まつた雲
庭石の上に散つた竹の葉にも映つてゐる茜
風は私に友情を持つて来た
その儘(まま)風は
庭のおもての黄昏になつた。

（昭一〇 1935・一一「四季」第十三号）

第十五号（昭一一・二）以後の第二期の「四季」には、一種の詩風のようなものが自ずと成立していくのであるが、その中にあって、ひそかに独自な詩風を見せながら、ついに一冊の詩集も持つことなく「四季」とともに消えていった詩人に能美九末夫がいる。そして、能美の名は、詩壇的には「四季」以外では詩史の資料を埋める無名の詩人の一人でしかない。

能美の詩を「四季」の誌友の投稿の中から最初に発見したのは三好達治である。その最初の「夏日」が「四季」に掲載されたのは第十一号（昭一〇・九）であった。以後、彼の「四季」における文学活動はこの第二期「四季」の全期に渉っている。この頃、彼はまだ早稲田大学の学生であったという。早く開花した才能であった。

早大ということでは野村英夫と先輩後輩に当るが年齢的な距離もあり、両者の間にはなんの交渉もなく、同じ誌友の中から後に同人に加えられた塚山勇三、高森文夫らとも違って誌友のままに終始した。能美は、昭和十年代の後期、「LUNA」が「山の樹」と合併（昭一七・二）し、更に「葦」（昭一七・五）と合併して「詩集」となった折にその有力な同人だった若き日の村松定孝の僚友だった。しかし、この詩人は、「詩集」とも接点を持っていない。

彼はあくまで三好達治の推挽によって「四季」に登場し、「四季」とともに消えていった一人の無名な詩人である。にもかかわらず、能美九末夫は、津村信夫・立原道造・野村英夫たちがそうであったように、その青春のすべてが「四季」とともにあった詩人の一人である。その意味で、あえてこの「四季」外辺の詩人を、ここに一項を設けて紹介したい。

むかふの壁の陽差しの中を通つて行つたものは一疋の蜻蛉の影であつた
すると梢が揺れて居た
遠い処から不意につくつくぼうしの啼く聲がきこえる
空は澄むでなにの影も映さない、其処に揺れて居る木の葉
あそこから私の蜻蛉は返つてくるだろ（ママ）う。

（「秋陽」、昭一〇・一一「四季」第十三号）

†自己の世界を守り通した詩人

三好達治は選評で特に「冬の黄昏に」を推奨している。「四季」にはじめて三篇（他に「曇天」）を発表した能美の詩は、その若さに似ず完成された風韻を持っている。「四季」の誌面に置かれた時、この三篇には決して投稿詩らしい脆弱さはない。「四季」の詩風が戦後において様々な機会に多くの詩人、詩論家によって論ぜられたが、この「四季」ではまったく小さな存在であった能美の詩は皮肉なことに最も「四季」的な特質を持っている。「四季」に最初に発表された「夏日」も佳作である。

例えば「四季」第二十八号（昭一二・六）では彼の詩は次のように田中克己、立原道造の間に掲載されている。

丘の上、松の木蔭で　　田中克己
夜明け、鳩（引用注、「夜明け」と「鳩」の二篇）　　能美九末夫
石柱の歌　　立原道造
魚を喰べる　　津村信夫

こう置いて見ても、それは少しも違和感がない。そこには「四季」の青春の抒情がそのまま、田中・立原・津村と並んでいる印象が深い。能美は「四季」終刊までに二八篇の詩を発表している。それは同人の執筆回数に比べて決して少ない数ではなかったし、その詩としての完成度は、他の投稿者の群を抜いて高いものであった。しかし、彼は終始「四季」の外辺の詩人であった。あるいは孤独な性癖が彼を「四季」に近づかせなかったのであろうか。——その二八篇の中に一篇も、時流に乗った他の投稿者のような愛国詩を書いていない。彼は頑なまでに自己の世界を守り通していた。

能美の詩風は立原と対照的でありながら、同時に神保光太郎の精神的気圏とも遠く、丸山薫に多分に共通するものがある。せめて遺友の誰かが「四季」に発表された二八篇のみでも一冊の詩集にまとめることによって、能美久末夫の「四季」におけるその詩の位置の再評価の機会を与えてくれないだろうか。

(『「四季」とその詩人』昭四四 1969)

《編者注記》能美九末夫の生没年は未詳。坂口博氏の最新の研究によれば、能美は福岡県遠賀郡上津役村大字小嶺（現、北九州市八幡西区）の出身。九男である九末夫の兄で、詩人の千秋（七男）が明治四十年（1907）生まれ、昭和五十九年没（1984）。九末夫は東京美術学校に入学したが、一年で早稲田大学高等学院に転じた（「海を渡る兄弟通信誌『車座』—校書掃塵8」「敍説II」平一六・一二）。なお、編者は早稲田大学に問い合わせたが、学籍簿にも卒業生名簿にも九末夫の名は見当たらないとのことであった。

9
野村英夫
(1917–1948)

司祭館(しさいくわん)、III

いつもカナリアの鳴いてゐる
古びた司祭館*の角口(かどぐち)で
私が始めてフランス人の老司祭*と手を握つたとき
あなたは教師かと尋ねられた。
私は詩人だと答へたとき
それは価値のある暮しだと笑ひながら
司祭は私の肩にその大きな手を置いてくれた。
ある春の日暮れに
私がその司祭館をまた訪ねたとき

あなたの結婚（マリアージュ）*のためかと尋ねられたが
私はただ首を振つただけだつた。
さうして御復活祭*前の告解日（こくかいび）*がやつて来ると
細い格子戸（かうしど）の向ふ側の
私の頬（ほほ）にすぐ近い司祭の顔には
いつもより痛ましい悲しみの色がその眼に浮んでゐて
思ひ出のやうに苦いパイプの匂ひが
その口髭（くちひげ）の辺（あた）りに漂つてゐるのを思ひ出す。

この作品「司祭館」は一〇篇よりなる連作「司祭館」のうち、Ⅲに当たる作品である。昭和二十年、信濃（しなの）の疎開先より東京高円寺（こうえんじ）の自宅にもどった彼は、カトリック高円寺教会に熱心に通っていた。戦後の虚脱と荒廃の中で彼の信仰心はいっそう厚いものとなったのであろう。連作「司祭館」のモチーフはこの間に生まれ、翌昭和二十一年の末頃までに完成、一部は再刊「四季」に発表され、手書きの詩集三部（推定）が作られた（後に、昭四〇、冬至書房刊）。これらはその死後、「高原」（昭二四・一〇）第九号に全篇が収録された。復活祭前後を背景に一人の異国人の老司祭を通じて、信仰に静かに生きる姿を浮き彫りにした淡彩のような抒情詩である。

*司祭館――教会境内にある司祭の住居。司祭はカトリックの聖職の一つ。ローマ教会では司教の次位。神父。
*老司祭――おそらく光塩教会のマイエ神父がモデルであったのであろう。
*結婚―mariage フランス語。

＊御復活祭――イースター（Easter）。キリスト教でキリスト復活を記念する祭り。毎年春分後、最初の満月のあとの日曜日に当たる。復活祭をていねいに御復活祭といったもの。

＊告解日――こっかいび。キリスト教の行事の一つで、復活祭より逆算して四十日（ただし日曜を除く）を四旬期、もしくは大斎（Aash Wednesday Easter）といい、その第一日目の水曜日直前の日月火の三日間を告解期、告解日といい、信者が司祭にざんげの告白をする日である。

野村英夫　のむら　ひでお　大正六―昭和二十三(1917―1948)。東京生まれ。早稲田大学法学部卒。その詩風は清明で宗教的な抒情詩であった。昭和十一年、立原道造と信濃追分で相知り、堀辰雄に師事し、「四季」の詩人たちからは「野村少年」と愛称された。立原の死後、詩作をはじめたが、カトリシズムの信仰の深まりとともに、次第にその詩は宗教的な色彩が加わり、「四季」の詩人たちの中では、特異な抒情詩を書いたが、宿痾の肺結核のため三十一歳で夭折した。死後、堀辰雄の編集によって遺稿詩集『野村英夫詩集』（昭二八）が刊行された。『野村英夫全集』全一巻（昭四三）がある。その他に小説「栗鼠娘」、「浜辺にて」など。

†静謐で孤独な宗教的世界を描く

一読して特別な注釈を加えずともそのままわかる詩であろう。詩は一篇の物語のように、「私」の眼に映じた孤独なフランス人の司祭の姿が歌われる、というよりも描かれている。

立原道造に兄事していた野村英夫はそれゆえ、往々読む者に立原にそっくりの模倣的な亜流の詩を書いていたように思われがちであるが、立原の十四行詩のような音楽的な詩法とはまた異なった詩法をもっている。立原は一篇の詩を音楽のように書こうとした。しかし、野村の「司祭館」はそれと異なって、一篇の詩は一つの物語性をもっている。

連作「司祭館」は一〇篇の詩をもって、そこに異国に老いた司祭を通じて、信仰に生きた人間の静謐と孤独な世界を描き出したものである。そういう点で、立原の十四行詩とおのずと異なった、むしろ立原の技巧的鮮やかさに反して、いっそ不器用なくらいな一語一語によって、それぞれの情景が克明に描き出される詩になっている。それはその頃、野村がしきりに小説を書き、作家に転身しようとしていた、その反映ともみなせるのである。

†物語的な情景

詩は一連十七行より成っているが、その構成から見れば、三節(一〜七行目・八〜十一行目・十二〜十七行目)より成り立っている。

まず、第一節では司祭と私との最初の出会いが明るいトーンで語られる。司祭は「あなたは教師か」と尋ね、私は「詩人だ」と答える。そこにはカトリシズムの詩人野村英夫がそっくり浮かびあがってくる。諸氏の回想に描かれる野村少年が青年になった風貌は、さもあろうと思われる。野村を知る者には微笑を誘う詩句である。

その野村の答えに対して「それは価値のある暮しだ」と、笑って詩人の肩に大きな手を置いた司祭の言葉に、野村は一種の感動を覚えたであろう。そこに詩人と司祭の間に、ある親しさが生じたに違いない。そういうことが言外に語られている詩句なのである。

第二節の四行で語られる情景は、おそらく司祭との出会いから、ほどを経た某日(ぼうじつ)の情景であろう。物語的要素はここで一つの進展を見せ、司祭館を訪問した詩人に向かって、司祭は「あなたの結婚(マリアージュ)のためか」と聞く。それに対して詩人は「ただ首を振つただけだつた」というこの第二節はそのまま小説の一情景であろう。

司祭にはこの訪問者の若い詩人が、教会で挙げるべき結婚式の打ち合わせのためにやって来たと思ったのであろう。そう質問したのは、この詩人に何か、祝福してやりたいという気持ちが動いたからでもあろうか。しかし、病弱な上に、戦後の急変した社会情勢の中で、生きることだけで精一杯だった彼には、それは寂しい問いであったに違いない。小説ならばもっと詳細に描かれるべき情景が四行の詩句の中に盛られている一節なのである。

第三節、それはさらに旬日(じゅんじつ)を経た告解(こっかい)の日のこと、ざんげ室の細かい格子戸(こうしど)の向こうから詩人のざんげを聞く司祭の顔には「悲しみの色がその眼に浮んで」いる。それは彼の告白のためばかりではなく、人の哀しみを聞いた聖職者の哀しみの色なのである。おそらく老司祭は人々の石のように重いざんげの数々を聞いたであろう。そして、彼らのために祈ったであろう。「思ひ出のやうに苦いパイプの匂ひ」という比喩以下の終句二行の中に、老司祭自身の思い出も含めた哀しみの情感が詩的に凝集されている。

三節それぞれの情景が重層化され、それによって物語的に、そこに孤独な哀感が淡々しく浮かびあがる詩なのである。

†死と背中合わせの生

野村英夫という詩人は「四季」の他の詩人たちに比して、技巧的に特に詩法に優れた詩人であったわけではない。語彙も決して多いとはいえない詩人である。しかし、不器用で素朴なゆえに、そこに純粋で敬虔なキリスト者の心情を映し出すことが可能だったといえないであろうか。

たとえば、それは同じくキリスト者であった三木露風や八木重吉の詩と比較してみればよくわかるであろう。

心のなかの石段を一段一段昇つてゆかう。
丁度、あの中世の偉大な石工達が
築き上げた美しい聖堂を
一段一段、塔高く昇つてゆくやうに、

（「心の中の石段を……」冒頭、『花の冠を』昭二一～二二）

と、その早い晩年に歌った彼は、戦後の混乱と荒廃の中、その病弱な体で、それでなくとも生きがたい日々を神を支えに生きたといえよう。そして、その生は彼にとっては、いつもその詩句「このやうに死人達が多いのに／人は何故死について思わないのだらうか？」(ママ)（「死」「ノート・II」）という呟き(つぶや)のようにいつも死と背中合わせであった。いわば死の影の反映が彼の生であった。そこに野村の詩の純潔がおのずと結晶されてくる。

野村にとって詩は何よりも孤独な魂の告白であった。それは外界から遮断された小世界であったが、彼はそこに神とともに、ある小宇宙を作りあげた。そして、それはもう一つ大きく花開く一歩手前で、彼の夭折(ようせつ)とともに終わってしまった。日本でまれに見るカトリシズム文学の花を咲かせることはできなかったけれども、この国のキリスト者の詩の中に、一輪の純潔な小さな花を添えることになった。

しかし、その花は戦後の荒々しい思潮の中で、戦中の反動から「四季」の抒情詩であるがゆえにかえりみられなかった。「歌声よ起これ」という呼び掛けに応ずる民主主義文学の思潮の中で、ごく少数の読者――たとえば三好達治(みよしたつじ)や堀辰雄(ほりたつお)によってひっそりと読まれていたのであった。

なお、『野村英夫詩集』にはこの老司祭について、エピローグのような次の詩も収録されているので左に引用しておこう。

フランス人の老司祭は
二十七年振りでフランスに帰つてゆく。
私はその日港に
司祭の船を見送らう。
司祭は私に告げた
「とう〳〵私が負けてしまつたのです……
姉さんは前からいつも私に
もう一度フランスに帰つて来るやうに言つてゐたのです」と。
老司祭の姉は
きつと年老いた尼僧院長かなにかだらう。
いつか私は司祭の祈禱書（きたうしよ）のなかに
司祭によく似た
一人の美しい尼僧の写真を見たことがあつたから。
さうして真白なリラの花の咲く頃になれば

司祭はまたきつと思ひ出すだらう
街ぢゆうに桜の花びらの散つてゐた
遠い日本の御復活祭の頃のことを。

（「老司祭は」）

ともあれ、野村の数多くもない詩篇は、あたかも一つの時代が退き潮のように去った後、海岸に残された砂に磨かれた小さな貝殻のように、可憐な美しさをいまに伝える抒情詩である。

（『詩神の魅惑』昭四七 1972）

10

大木惇夫

(1895–1977)

椰子樹下(やしじゅか)に立ちて

××の宿営にて*

極まれば死もまたかるし
生くること何ぞ重きや、
大いなる一つに帰る
永遠(とは)の道たゞに明るし。
仰ぐ空、青の極みゆ
ちり落つる花粉か、あらぬ*
椰子の芽の黄なる、ほのなる
ほろほろとしづこゝろなし。

(ジャカルタ版『海原にありて歌へる』昭一七1942・一一)

＊××の宿営にて――国内版では「ラグサウーランの丘にて」。
＊仰ぐ空、青の極みゆ／ちり落つる花粉か、あらぬ――この二行、国内版では前後を一行空け、また一字下げにして、「わが剣は海に沈めど／この心、天をつらぬく。」、次に行頭の高さより「明かる妙、雲湧く下に／散り落つる花粉か、あらぬ」と大きく異なる本文になっている。

†大木惇夫に対する評価

大木惇夫には、刊行されたものとしては十六冊の詩集がある。しかし、この詩人に対する評価は戦中のそれに比して戦後はまったく否定的であり、すでに過去の詩人として葬り去られた感がある。一人の詩人でありながら、この詩人ほどに、栄光と侮蔑との評価をまったく極端に与えらた例は、近現代詩史の中でも稀である。

たとえば、次に引用するごとき批評が、そのまま大木惇夫の評価に直結しているといってよい。

一九四三年（昭和十八年）ごろ、世界のファシズムは強力な民主主義勢力におされてつぎつぎとくずれていった。…（中略）…

しかしおなじ年には、この狂った軍国主義のお先棒をかついで、ほえたてる狂犬のようなかしましい詩集が出版されている。大木惇夫の「海原にありて歌へる」は報導（ママ）員賞をうけた。それは人間性にもとずく（ママ）ところのまったく批判性をもたないあわれな詩人のすがたであった。…（中略）…

これを過失といってすませるにはあまりにもおおくの無垢（むく）の血を日本帝国主義はアジアの海に陸にしたたらせていったのである。

（野間宏他『わが祖国の詩』昭二七・六、理論社刊）

これは戦後の大木惇夫評価の代表的な思考であり、確かに戦後においては一面正当と思える批評をも含んではいる。しかし、一方的な思想の場によって、偏向的にこの詩人の既刊十六冊にのぼる全詩集がまったく否定され尽くすということは、当を得た評価たりえない。大木惇夫が戦争協力者のファシズム詩人の烙印（らくいん）を刻されるにいたったのは、初版『冬刻（とうこく）詩集』（昭一三・一、靖文社刊）より、『山の消息』（昭二一・九、健文社刊）の間にある戦争下の詩集によってである。

そして、それらの詩集の中で当時最も世評に高かったのは、『日本の花』（昭一八・一一、大和書店刊）の直前にジャカルタで発行された『海原にありて歌へる』（昭一七・一二）の一巻であった。この詩集には昭和十八年に日本文学報国会から第一回大東亜文学賞次賞が与えられ、改めて国内において再発行されている詩集であるが、戦後においては著者自身が同詩集をその自選集中からも削除しているために、今日では正確な資料の作れない詩集の一つになっている。この詳細を明らかにし、戦争詩の実態の一端を偏向することなく再評価することも、昭和文学史を認識するための重要な一助となるであろう。

†ジャワ島で印刷・発刊された詩集

詩集『海にありて歌へる』は、諸年表、詩史、解説書では従来昭和十八年刊となっているが、これは誤りで、十八年刊本は国内版の再版本の発行年月であり、正確には、昭和十七年十一月一日、占領下のジャワ島アジヤ・ラヤ出版部（"Asia-Raya" bahagian penerbitan/Molenvliet Oost 8, Djakarta）より発行されているものである。

詩集はA5判半截（はんせつ）。序文、爪哇（ジャワ）派遣軍宣伝報道部長町田敬二（けいじ）中佐。跋文（ばつぶん）、浅野晃（あきら）・富沢有為男（とみさわういお）・大宅壮一（おおやそういち）、本文八五頁、収録作品は序詩を含めて一三篇、それらは次に記すような作品である。他に著者照影一葉、題簽（だいせん）は今村均（ひとし）中将に成（な）るものである。

「遠征前夜」「戦友別盃（べっぱい）の歌」「空と海」「赤道を越ゆるの歌」「バンタム湾の翌夜」「椰子（やし）樹下（じゅか）に立ちて」「死生感」「雨（ウヂャン）の歌」「バンドンへの道」「じやがたら夜曲」「ガメラン」「日

出づる国の大君」「アジヤ・ラヤ」

なお特記しなくてはならないのは、本書が、現地印刷、発刊という特殊な刊本であることである。活字は本文九ポ、その他六号により、白ケント紙に印刷され、装幀は紺クロース張り、背文字金押し、糸綴りになっている。造本は決して上出来のものではない。おそらく印刷はその判型から見て、小型の手動印刷機で一頁ごとに印刷し、数頁で解版、また数頁を組版するといった工程によって作られたものではあるまいか。

また編輯万般を煩はしたる北原武夫氏、装幀に凝念せられし河野鷹思氏、印刷製本に意を用ひられし黒沢寿雄氏を初め、未だ嘗て無かりし現地出版のあらゆる障害を克服して、活字不足を補ふに並み並みならぬ苦労を敢てせられし諸兄の熱意、思ふに余りあり、記して併せて感謝の辞となす。

この後書にあるとおり、現地出版というところに特色があり、またそれゆえ部数も、僅少であり、再版の国内版が、初版と混同されて昭和十八年発行のごとく誤り伝えられたのであろう。また、この事実から昭和十七年、占領下のジャワに日本文の印刷が可能な施設が一応あったということもわかる。これは、戦時下の宣伝情報活動に含まれる文化運動の一端をうかがうことのできる資料でもあろう。

†ジャワ島攻略戦

この詩集成立の背景をなすものは、序文・後書にある通り、ジャワ島攻略戦である。戦史によれば、昭和十七年二月十八日第十六軍集結を完了、カムラン湾を出港南下――二十七日にはスラバヤ沖海戦が行われている――、二十八日から三月一日にかけての深夜、バンタム湾頭で、残存のアメリカ、オーストラリアの二艦と遭遇交戦、この戦闘中（バタビア沖海戦）に、今村均第十六軍司令官坐乗の揚陸艦龍城丸（神州丸）が味方による魚雷の誤射によって大破座礁、今村司令官は海に投げ出され、大木惇夫自身も乗船していた輸送船佐倉丸が沈没して漂流している。このことが同詩集の構想に大きく投影しているが、――三月一日、上陸開始、十日攻略作戦終了というのがそのおおよそである。この現地出版もこの大戦中唯一の善政といわれる今村軍政の一環として試みられたものであろう。

後書には「八月　バタビヤの宿舎にて」とあり、発行が十一月一日であることから、八〇余頁の小冊子の印刷に三カ月を要しているところに現地印刷の能力もうかがい知ることができよう。

†いのちのかなしみ

さて、作品に目を移してみよう。

序詩「遠征前夜」にはじまる一三篇の詩は前記の通り、すべてジャワ島で書かれたものである。もちろん、今日より見れば、古色は覆い難く、浅野晃・富沢有為男の跋文のごとく名詩集と呼ぶのは過大評価である。三人の跋文の中では大宅壮一のものが詩人との交友を論じて比較的穏当である。しかし、少なくともこの特異な体験と環境の中にあって、佳品と呼ぶに足る作品もある。

その一つが「椰子樹下に立ちて」である。この詩の持ついのちのかなしさをみつめる詩人の眼は、伊東静雄の次の詩に及ばぬまでも、やはりそこに共通する清明なものがある。

堪へがたければわれ空に投げうつ水中花。
金魚の影もそこに閃きつ。
すべてのものは吾にむかひて
死ねといふ、
わが水無月のなどかくはうつくしき。

（「水中花」末尾、昭一二・八「日本浪曼派」第三巻第六号初出。『詩集夏花』昭一五・三）

この「水中花」は戦争下の詩の最高の佳作であろう。この時代の完璧な詩であり、今日でも十分読解に堪（た）える作品である。「戦争詩」という低俗で絶叫的な非文学的作品という概念で一括される中にも、今日にして思えばそれなりの佳品も忘れられてあるのである。

ためいきや、月のしづく、*
張り裂けん胸を堪へ
さまよふは、人ならじ、われならじ
籬（まがき）なるコモゼの香（か）
たゞたゞに身にしみて
遠方（をちかた）は、しろがねにうち烟（けぶ）る月明り、
郷愁（きやうしう）は雪と降りつゝ。

（「ガメラン」第三連）

＊ためいきや、月のしづく――ジャカルタ版ではこの行の前を空け、第三連とするが、国内版では前の行にそのまま続ける。

＊コモゼ——国内版では「山梔子」。

詩法の上から見れば、確かに「モダニズム」より一歩後退している。しかし、モダニストの詩人たちが故意に虐殺した抒情と端正なフォルムは、伝統的な詩情の中にかえって生かされている。民衆詩派と違った意味で、詩の読者との親和性を持っている。少なくとも、この一篇は、野口米次郎の「宣戦布告」（都新聞、昭一六・一二・一二）や三好達治の「捷報臻る」（昭一七・一「文学界」）や高村光太郎の「彼等を撃つ」（昭一七・一「文芸」）等や、その他戦争下のアンソロジーと比較してみれば明らかであろうが、「戦争詩」と呼ばれるものの中にも、文学と呼ぶに足るものは僅少ながらもあったと言いたい。一片の図式的論理が鵜呑みに肯定され、この期の文学史を空白にしておくことに不安を感じるからである。

大木惇夫は左派の詩人から、極端なまで抒情を悪用した詩人と評されているが、

郷愁は烟りのごとく
こほろぎに思ひを堪へて
はるかなり、わが指す空は。

（「遠征前夜」六〜八行）

右のような一種清明な詩情は『風・光・木の葉』（大一四・一、アルス刊）以来の彼の本質であり、「じやがたら夜曲」「雨の歌」には、北原白秋の『思ひ出』（明四四・六、東雲堂書店刊）を想わせる耽美的な倦怠感の空しさと華麗な感性が支えになっている。そして、それらは「戦争詩」という「戦いの歌」にはおよそ似つかわしくないものである。

批判性をもたぬあわれな詩人と罵倒されているが、彼はもともと師白秋同様に感性の詩人である。したがって、思想的体系よりも感性が常に先行する。この時のこの作戦に従軍した人々が、それを実証している。この作戦に従軍した一般的な兵士たちの最も普遍的な——それは『きけわだつみの声』に代表される知的エリートたちのではない——感情に直結していたであろう。そのかぎりにおいては、大木惇夫の情感・詩心といったものは、真実であったに違いない。

といっても、これは大木惇夫を中心にして「戦争詩」を積極的に肯定し擁護する意味ではない。「戦争詩」なるゆえに著者自身からも見捨てられて、わずか二十年後にすでに記憶から消滅してしまった一冊の詩集を記録にとどめておきたいのである。

同じことは、神保光太郎の『南方詩集』（昭一九・三、明治美術研究所刊）や『曙光の時』（昭二〇・二、弘学社刊）にもいえることである。

さんらんと
咲き零(こぼ)れる火焰樹(くわえんじゆ)の並木の道を
おまへのおもかげをたづねて
彷徨(さまよ)ふたのはいつであつたか
遠く　沖から汽笛が流れ
私のあてどないうれひは
一羽の白い焦点と化して
紺青(こんじやう)の浪間をかすめて行つた
あらぶる真昼のどよめきに堪(た)へ
ひかりにきずつき
この黄昏(たそがれ)も
かの青色の伝説の少女をもとめて
夕映(ば)えの海辺に
私は立つのであつた

（神保光太郎「シンガポール」『青の童話』、昭二八・四、薔薇科社刊）

戦争下の占領地シンガポールでの体験に基づくこのような詩が、「戦争詩」「反動詩」の名のもとにことごとく否定されることが惜しいのである。『海原にありて歌へる』のジャカルタ版一巻も、この期の空白を埋める文学史的資料の一つであることは確かであろう。

（「戦争詩再評価への一資料と考察—ジャカルタ版『海原にありて歌へる』を中心に—」『日本象徴詩論序説』昭三八 1963）

11　大木　実　(1913–1996)

おさなご

おもちゃ屋の前を通ると
毬(まり)を買ってね
本屋の前を通ると
ごほん買ってね　と子供が言う
あとで買ってあげようね
きょうはお銭(かね)をもって来なかったから
私の答もきまっている
子供はうなずいてせがみはしない
のぞいて通るだけである

いつも買って貰（もら）えないのを知っているから
ゆうがた＊
ゆうげの仕度（したく）のできるまで
晴れた日は子供の手をひき
近くの踏切へ汽車を見にゆく
その往（ゆ）きかえり　通りすがりの店をのぞいて
私を見あげて　子供が言う
毬を買ってね
ごほん買ってね

（『路地の井戸』昭二三 1948・九）

＊ゆうがた——桜井書店版ではこの前を一行空け、全体を二連構成とする。

†小説から詩に転じた大木実

大木実（みのる）は、大正二年十二月十日生まれである。その第一詩集は昭和十四年十二月に砂子屋（すなごや）書房から、尾崎一雄（おざきかずお）の跋文（ばつぶん）で上梓（じょうし）した『場末（ばすえ）の子』である。

大木実は、はじめ尾崎一雄に師事して小説を学んだが、のちに詩に転じて、詩誌「四季」

の同人となり、立原道造に代表される四季的抒情と異質の新しい抒情の世界を確立した詩人である。

詩から小説に転じて成長していくのは、洋の東西を問わず作家にとってはむしろ普遍的な姿であるが、小説から詩に転じた大木実はこの点で稀有であろう。

この出発点が、大木実の詩に「四季派」の持つ、あの端正で甘美な、それゆえ脆弱な抒情とは対照的な、より生活に密着した、それゆえ、誰しもが心の中に持つ詩、もしくは詩情的なものを具象化しているのである。

たとえば、この「おさなご」である。

この詩は昭和二十三年九月発行の詩集『路地の井戸』（桜井書店刊）に収録されているものであり、村野四郎の「現代詩小史」（筑摩書房版『現代詩集』〈現代日本文学全集89〉巻末解説）では次のように評している。

……大木実は、「四季」派の詩人ではあるが、他の「四季」派の詩人たちのおもむいた西欧的な審美意識からはなれ、主として生活の哀感や、隣人に対するやさしい愛の情緒を、純粋に日本的な形で抒情した。…（中略）…けわしい現代詩の変転の間で、変ることのない清澄な抒情精神を、平易な文体のなかに生かした。

この詩に流れている詩情の暖かさ、やさしさは、大正期の民衆詩派のそれと次元を異にしているユマニテ（人間味）によって支えられている。いわゆる「現代詩」的なものよりも、むしろ師・尾崎一雄などとおなじく私小説を起点とするものと発想を同じくしている。そこに現代詩が陥り（おちい）やすい呪術めいた反現実性からくる感動の衰弱がない。一見素朴・無技巧ともいえる詩形をとりながら、そこには市井（しせい）の生活の中から生まれるしみじみとした暖かい詩情が生れ出るのである。人が忘れてしまいそうなそんな日常の暖かさ、そこに大木実の詩の美しさと哀しさがある。

†思いがけない運命

この優しさ暖かさは、大木実（みのる）の大きな特質ではあるが、これはその幼年の生い立ちにも深く根ざしている。大木実の少年期はかならずしも幸福なそれとはいいがたかった。ある意味ではむしろかなしい孤独な生い立ちといってよい。

詩人の父は、栃木県芳賀（はが）郡逆川村（さかがわむら）に生まれ、母は茨城県西茨城郡岩瀬町に生まれた。母は優しい心暖かい女性であったらしく、仏ノ山峠（ほとけやまとうげ）を通って嫁入りしたのはおそらく明治も末のことであったろう。二人はやがて東京へ出た。もしこのままであったら大木実はしあわせだが世間並みの少年として生き、父のふるさとを第二の故郷にすることはなかったであろう。
しかし、文学的言辞を弄せば、運命は大木実に詩人たるべき人生を与えていた。七歳で生母と死別。さらに、大正十二年九月の関東大震災が大木実の運命を大きく変えることになった。東京で家を焼かれ、継母と弟妹を一度に失った彼は、父の遠縁にあたる宇都宮機関区で機関士をしていた辻作之助に引きとられた。大木実の当時の記憶によると、そこは宿郷町の、国鉄駅近くの一棟二戸建ての家で、近くにふろ屋があったといわれている。戦後間もなく復員後の詩人が懐しさにこの地をたずねた時、その家はまだ残っていたと述べているから、簗瀬小学校付近にある家並みの一つがそれであろう。

その年（大正十二年）から大木実は簗瀬小学校の四年西男女組に編入になった。担任は伊藤某という先生だったそうだ。

こうして大木実の孤独な宇都宮の生活が始まったのである。

継母と弟妹を同時に失った彼は、父親にも離れてひとり見知らぬ町に住むことで、人生の孤独をしみじみと思い知らされる少年になったであろう。当時の簗瀬は裏門を出れば田んぼ続きの郊外の趣がまだ残っていた。東京生まれの少年には、それは広い自然であると同時にはるばるの思いであったろうことは十分に理解できる。そして、また市民の少年と同じように、二荒山神社や馬場町や、田川のほとりはこの孤独な少年の心をも慰めてくれた。直後間接にこのころの宇都宮のイメージは詩のモチーフに生かされている。詩集『遠雷』（昭一八・一二、桜井書店刊）に収められた「野州通過」は宇都宮がそのシチュエーションになっている。

やがてその年の暮れ、父の再婚によって、東京へ再び帰るのであるが「私が宇都宮で暮らしたのは遠い昔、それもわずかの期間でしたが、ふるさとを持たぬ私には、宇都宮はふるさとの懐しさをもっていまも私のこころに生きております」と詩人の音信にしるしてある。

詩人の場合、宇都宮にある期間居住したということだけならば、それは単にそれにとどまるべき問題であろう。作家北原武夫のように栃木県壬生町に育ち、故郷にいられず戦中に疎開してもどりついたふるさとは冷たく、再びふるさとに帰ることなく、ふるさとを一筆もその作品に残さぬ作家もある。しかし大木実は、ふるさとを持たず宇都宮を心のふるさととして、詩集『屋根』（昭一六・五、砂子屋書房刊）、『遠雷』のいくつかの詩のモチーフを育てていった。

そして、それはふるさとのだれにも見られずに埋もれている。芸術家にとって、ふるさとはいずこもそうであろうが、殊に下野の国（栃木県）は、芸術家にとって冷たい風土であったらしい。ここに生まれた作家や詩人はふるさとを捨てるように出ていって、再びふるさとに帰ろうとしない。しかしまたそれもチェーホフやローレンスと同じく、ふるさとにいれられぬ芸術家の運命なのであろうか。

†ふるさとの情景

枯草を風が渡り
向いの山にひる過ぎの陽(ひ)が当っている

冷たい岩清水(いわしみず)が湧いて流れるところ
そこに立つ一基の道しるべ　右下野国(しもつけのくに)左常陸国(ひたちのくに)の文字もうすれて

塩や油を買いに　それから水車小屋へ粉挽きに
村人達が越えていく峠　魚屋や薬屋がのぼってくる峠*

みかえれば街道(みち)がひとすじ続いている
街道沿いの家家や田や畑が小さく見える

峠を越えれば常陸の国

そして父の国　父の生まれた下野の山ざとは見えなくなる　（「峠」『初雪』）

＊魚屋――桜井書店版『初雪』では「魚売り」。

作中の峠は仏ノ山峠である。そこには、父親の追剥を止めるために旅人に扮して、父の手にかかって亡くなった娘を弔うために父が建てたという夕日堂、朝日堂の伝説がある。この詩もまた新しい古典としてふるさとの人々の心から心へ語り伝えられるに足る佳編である。

さて、この詩人の「その題材のつかみ方や語り方において平易で庶民的であるが、磨かれたような美しい言葉の選択があり、しかも親しみやすい体温がある」（村野四郎）ところから、大木実の詩は多くの中学国語教科書に採録された。「雨の田舎町」「雪のゆうがた」「初秋」「指」「川のゆくえ」「未来」「汽車」「おさなご」などである。丸山薫、山村暮鳥、室生犀星、高村光太郎、八木重吉らとならんで採録数の多い詩人である。しかしながら、これらの詩人に比べてその研究書や詩人論は少なく、中学国語の教材研究にとっても盲点となる詩人の一人であろう。

桑畑の向うにとなりの家がある

日の暮れ　煙があがり燈火（あかり）が点（つ）く
縁の雨戸を繰（く）りながら
「おうい」と大きな声で呼ぶ*
しばらくして「おうい」と返事がある*
「あしたまた遊ぼうや」
「遊ぼうや」
その家に　宗ちゃんという少年がいた――

山は暮れ
鳥屋（とや）に鶏（とり）たちも寝てしまった
そしてせせらぎの聞えるあたり*
今夜も星が美しい

（「故郷」）

*大きな声で呼ぶ――桜井書店版『初雪』では「大きな声で呼び」。
*返事がある――桜井書店版『初雪』では「返事がする」。

＊そしてせせらぎの聞えるあたり――桜井書店版『初雪』、現代詩文庫ではこの行の直前で一行空け、四連構成としている。

この詩の初出雑誌は戦中の「文芸」で、後に詩集『初雪』（昭二一・六、桜井書店刊）に収められた作品である。

筑摩書房版『現代詩集』の本文に拠れば三連から成り立つこの詩は、大木実の特質である平明で磨かれた美しい言葉でつづられている。第一連の二行がこの詩の導入部で、そこには田舎の夕暮れのイメージが短いながらも過不足なく表現されている。「煙があがり燈火が点く」という詩語は短い中に時間の推移をよく表わしえている。

第二連これは詩人の胸裏にありありと残っている回想である。会話が巧みに詩の中にとけ込んで、甘い少年の日の思いがいきいきと描かれているではないか。

第三連、再び詩人は現実の時間の中に回帰する故郷の声、それは夜の中に流れるせせらぎの響きである。自作解説よれば季節は晩秋、さればこそせせらぎの響きも清明に耳うつのであろう。どこといって難解なところのない詩である。かといってそれはこの詩のモチーフが決して低いという意味ではない。ここでは平凡な日常語も詩人の手にかかると、かくも美しい詩となることが実証されている。優れた作品とはもとよりそうしたものであろう。

この詩の背景となった「故郷」とは大木自身の言葉によれば「芳賀（はが）郡逆川村（さかがわむら）」である。

平凡な山村で、村人は田を作り畑を耕し、冬はいくらかの炭を焼く。栃木県といっても茨城県境に寄っていて、水戸線笠間（かさま）市から八キロはいり、買物も用達も殆（ほとん）ど笠間ですます。私は父の郷里の風物をいくつも書いてきた。父はすでに死んでいる。（自作解説）

ちなみにこの「故郷」という詩は詩人が海軍に応召中ふるさとを思って書いたものだという。軍隊生活の中で水のように湧いた「ふるさと」への思いがこの詩を書かせたのである。

次にもう一編、これも教科書にも収録された「雨の田舎町（いなかまち）」を挙げてみる。

雨に濡れ
雨に昏（く）れた家家に燈（ひ）がともった
家家のうしろを川がながれていた
その川のうえにも雨は降っていた
川の向うにも
知らぬ町町はつづいていた

その町町の燈もけむっていた

（「雨の田舎町」『屋根』）

詩人はこの田舎の町をどこともいっていない。一読してその意を汲み取ることのできる詩ではあるが、精密に読んでいくと、この詩は深い情感がその一語一語にこもった珠玉の作品である。詩人大木実の生い立ちを知らない読者には、これは川のある町にふと立ち寄った詩人の旅愁と映るであろう。もちろんそう解釈するのが最も妥当であろう。わびしい雨の夕暮れ、そしてわびしい田舎の見知らぬ町、ふとため息のようにもれる孤独な小さな歌。しかしここであえて異を立ててみたい。

これは詩人の少年の日の回想ではないだろうか。あの大正の関東大震災後、宿郷町(しゅくごうちょう)にひとりあずけられた詩人が、ある雨の夕暮れに継母を喪(うしな)った哀しみを精一杯にこらえながら宇都宮の田川(たがわ)のほとりを歩んだ日の記憶がいつか、時を経て詩のモチーフとなったのではないだろうか。これはあくまでも推測の域を出ない。しかしそれでこそこの詩にある哀感が胸に迫るのでもある。詩の鑑賞にはそうした自由な想念も許されてよいであろう。

雨に昏れた家家に燈がともった
家家のうしろを川がながれていた

その川のうえにも雨は降っていた

この三行の詩句には詩人の深い哀感がある。「淡い旅愁」とのみに感じられない何かがありはしないであろうか。この詩には墨絵(すみえ)のようににじんで浮かぶ異郷での寂しい情感がある。

(『日本象徴詩論序説』昭三八 1963)

12 鮎川信夫（1920–1986）

喪心（そうしん）のうた、1*

おれが古いいくさ*の歌をうたったら
みんな日暮の桟橋（さんばし）に集ってくれ
いまはなつかしい硝煙（しょうえん）とその匂いのなかに
あたらしい屍体（したい）の雨をふらすから

おれが古いいくさの歌をうたったら
みんないっせいに銃剣の襖（ふすま）を立ててくれ
悲しいかな　海のなかに海をつくり
魂は死んで二度と生れてこないから

おれが古いいくさの歌をうたったら
みんな夜明けの桟橋(さんばし)から散ってくれ
うたいながら破壊する*若い勇士たちが
恋をすて故郷をすて他人の国へゆくのだから

（昭三一 1956・四「群像」第十一巻第四号）

*1――「喪心のうた」の第一章の標題は、『鮎川信夫全詩集』では「1」のみ。初出では「1 おれが古い戦の歌をうたつたら」。
*いくさ――各連第一行の「いくさ」は、初出では全て「戦」。
*うたいながら破壊する――初出では「破壊しながらうたう」。

†戦争という苛烈な現実を経て

現代詩は難解だという言葉はしばしば聞かれます。そして難解ゆえに読まれないということもまず事実でありましょう。

確かに、島崎藤村（しまざきとうそん）の『若菜集（わかなしゅう）』や北原白秋（はくしゅう）の『思ひ出』と戦後の名詩集といわれる鮎川信夫（あゆかわのぶお）の『鮎川信夫詩集』（昭三〇・一一、荒地出版社刊）や田村隆一（りゅういち）の『四千の日と夜』（昭三一・三、東京創元社刊）とを読みくらべて見ると、これは確かな事実です。

それではこの難しさはいったいどこにあるのでしょうか。それは、第一に言えることは、近代詩といわれる明治・大正期の詩と昭和期の現代詩との語法の根本的相違にあります。

これは昭和三年に、春山行夫によってはじめられた詩誌「詩と詩論」を中心とした「新散文詩運動」が要因になって、詩は音楽的なものから絵画性抽象性を多分に帯びるものに変革していったのです。

このことは、従来唱われる要素をもっていた詩が、記述される詩と移行していったといえるのです。この昭和初期の詩人たちは、唱われる詩に適した語法を否定して、語と語の組み合わせによって、その語が今まで持っていなかった新しいイメージを生み出すことになりました。そこでは詩を視覚的に把握することが重要になりました。これは小説など散文の語法とは根本的に違ったもので成立しています。このことをわかっていないと、現代詩は理解することができません。

「新散文詩運動」の洗礼を受けた現代詩人たちは旧い詩の様式を否定して、昭和の詩に新しい詩法を確立しました。そして、その詩法は新しい詩の様式を獲得しました。しかし技術的に高度化されればされるほど、その作品は現実と遊離して、超現実的な虚無的な空間を構築してゆきました。その頂点は北園克衛（『白のアルバム』〈昭四・六、厚生閣書店刊〉、『ガラスの口髭』〈昭三一・九、国文社刊〉等）、春山行夫の（『植物の断面』〈昭四・七、厚生閣書店刊〉等）の作品です。

やがて、戦争下に入ると、その頃ようやく青春を迎えたこの派に属する若い詩人たちはその多くが戦争を通じて、いやおうなしに生と死の極限に直面して、苛烈な現実を皮膚に直接感じ、行動せねばなりませんでした。彼らが青春を賭けて創造したことばの美学はこの苛烈な現実の中で挫折しました。

戦争が終わって生き残った詩人たちは絶望と破壊の中で、再び彼らの詩神のもとに帰ってきました。

彼らはかつて身につけた高度の表現技術を使って、散文ではとうてい到着しえない人間の深部に照明をあて、分析し、語と語の組み合わせの中で、彼ら以前の詩人たちがなしえなかった、観念や思考を形象によって強烈に表現することを試みて、日本の詩の中に思想を定着させるという新しい領域を開拓しました。

さて前置きが大分長くなりましたが、ここで鮎川信夫の詩を説明してみます。

†消すことのできない魂の傷痕

この詩は最初、文芸雑誌「群像」第十一巻第四号（昭三一・四）に発表された作品で、後に『鮎川信夫全詩集（1945～1965）』（昭四〇、荒地出版社刊）に収録された作品です。最初にこの詩を読んだ時の印象は非常に強烈でした。

この強い感動のよって来るところは、藤村（とうそん）の『若菜集（わかなしゅう）』や白秋（はくしゅう）の『邪宗門（じゃしゅうもん）』を読んだ際に受ける感動とは異質のものです。もっと深い人間の心の深部にある、ある記憶が、その記憶によって想起される形象が、形而上（けいじじょう）的な世界を、詩語を媒体として作品の中に定着したものです。これは戦前の詩にはなかった、まったく新しい発想による詩なのです。

まず詩型を見てみましょう。四行三連で戦後の詩人たちの作品としてはむしろ短い方に属します。そしてまた、詩型としても比較的整っています。用語が口語であることは当然なことですが、詩語は韻律とか音楽性に拘束されることなく、むしろ任意な考えによって作られてあります。それから大きな特徴は、この詩のどこを読んでも、単語の一つ一つはまったく難解な語ではありません。これだけの難しい内容がまったく平易なことばで書かれ、しかも強く深い感動をもたらしていることに注意しなくてはなりません。

第一連の一行「おれが古いいくさの歌をうたったら」という詩句は、後の各連の一行に置かれて畳句（じょうく）として用いられています。ですから、これはこの詩の中では重要な意味を持っている詩句なのです。

「おれ」ということば、これは「僕」でも「私」でもいけないのです。「おれ」という俗語であって、はじめて詩として成立しています。「おれ」はもちろん男性の自称です。この男

――「おれ」は第二次世界大戦で鮎川信夫と一緒にマレー戦線で戦って死んだ男であり、そしてかろうじて生きて帰った男なのです。しかし、現実にそういう男がいたというのではなく、この大戦の北の戦線・南の戦線で戦死、あるいは戦病死した男の総称としての「おれ」であり、そしてまた、いまも暗いかなしみを負って生きている男です。いわば「おれ」はこれら戦争を体験した知識人の普遍的な魂を示す「おれ」なのです。

戦争がすんでもう二十年近くなって、人々の記憶から戦争が消えかけてきているいま、そして「戦後は終わった」という合言葉さえも忘れかけている現在でも、まだ死者の魂は鎮まるところがありません。そして、その魂が、かつて輸送船で出帆した日暮れの桟橋（さんばし）で古いいくさの歌をうたうです。

すると、わかりやすくいえばアラジンのランプでいろいろなものを呼び出すように、硝煙（しょうえん）の匂いの中に新しい屍（しかばね）が綿雪（わたゆき）のように音もなく暗い海に降ってきます。軽い屍が鉛色の海面にゆっくりと落ちて消えてゆくイメージによって、この世代の人々にとって消すことのできない、魂につけられた深い傷痕（しょうこん）が表白されるのです。

†死者の海

第二連の詩句、

悲しいかな　海のなかに海をつくり
魂は死んで二度と生れてこないから

という二行の深い悲痛なことばは、かつてどの詩にも表現できなかった人間の深部に届く悲嘆をあらわしています。近代詩の持っていた詠嘆風の抒情も、シュールレアリスト（超現実主義の芸術家）たちの高度の語法もここにその表現が届いたことはありません。――それはなぜでしょうか。それは詩が高度に芸術化される――つまり高踏的になればなるほど、日本の詩は現実性を失って詩の享受者から離れていく傾向にあったからです。

しかし、この二行を読んでみると、決して難解な詩句ではありません。「海のなかに海をつくり」という詩句でさえ、そのままイメージとして受け取っていいのです。「海」に説明はいりません。「海」という語にはもちろん二重性がありますが、この戦争中に幾万幾千の魂が若いまま沈んでいった「海」だと解していいのです。明るい海、穏やかな海、その海のなかに暗い海、悲しい海、死者の海を作り、そして、死者の海に沈んだ者は肉親の、恋人の、友人のどんな嘆きをも聞くことはありません。なぜなら魂は死んで二度と生まれてこないからです。

夜明けの桟橋(さんばし)で「おれ」はうたいます。

若い勇士、死者の魂は、二度と帰らない死の国へ散ってゆきます。これは詩人の夢見がちな幻想と根本的に違っています。忘れようとしても忘れられない黒い記憶の中にはっきり刻まれたイメージなのです。感傷ではなく、三連の三つのイメージの繋(つなが)りによって、詩人はどうしても散文では表現できない形而上(けいじじょう)のものを表現しおおせました。

こうした詩を読むとき、わたしたちは現代詩が大きく変質していることを知らねばなりません。しかも、この詩の美しさが、わたしたちの知っているどの詩よりも美しい詩型と美しいイメージによって作られていることを知らねばなりません。

鮎川信夫(あゆかわのぶお)という詩人は、確かに日本の近代文学史の上でも萩原朔太郎(はぎわらさくたろう)のように重要な詩人になるでしょう。それは戦前の詩と戦後の詩を大きく区分した詩人という意味でです。しかしそればかりでなく、この詩人はやはり稀有(けう)な詩才ある当代一流の詩人であるに違いありません。

(『日本象徴詩論序説』昭三八 1963)

13 秋谷 豊 (1922–2008)

読書

書物を開くと
ぼくらの中に遠い世界がひろがる
乾いた幹を飢えた稲妻（いなずま）がたおすとき
こんな不安な夜の中で
ひとはたがいの存在をたしかめ合う
灯（ひ）をつけるように
ひとはお前*の開かれたところへ来て
静かな休息をみいだす
やさしい祈りや愛をみいだす

その一つは世界のひとびとにつづく
すべての知恵のしるし
お前のかなしみにひかる声によって
ぼくらの人生は慰められる
燃える叢（くさむら）をよこぎって
ひとが昼間ずっとあるいてきた
強烈な夏の日の思想とともに

（『降誕祭前夜』昭三七 1962・一一）

この作品は『降誕祭前夜（こうたんさいぜんや）』に収められている。温雅な抒情性の中にも強い社会性を持つ戦後詩の特色を備えており、作者の代表的作品の一つである。

＊お前――この二人称は読書の世界を指す擬人法。

秋谷　豊　あきや　ゆたか　大正十一―平成二十（1922―2008）。埼玉県生まれ。日本大学予科中退。その詩風は戦前の「四季」特に立原道造（たちはらみちぞう）の影響を受けて出発し、それを継承しながら、戦後に「四季」の詩人たちには見られなかった社会的関心と時代の論理を持った新しい抒情詩人として登場。ネオ・ロマンチシズムを提唱して詩誌「地球」を主宰。その抒情は都会の中産層に属する市民社会の生活に基盤を持ち、「四季」より出て、「四季」とは異なった社会性のある抒情詩を構築した。戦後詩中の主情派ともいうべき詩人の一人である。詩集『遍歴の手紙』（昭二五）、『葦の閲歴』（昭二八）、『登攀』（昭三七）、『降誕祭前夜』（昭三七）、『冬の音楽』（昭四四）、エッセイ集『穂高』（昭四〇）、『文学の旅』（昭四五）など。

†意識の深部に繋がる詩

現代詩、特に戦後詩は難解だという。

一般の読者が現代の抒情詩を読む場合、そのほとんどが島崎藤村の『若菜集』や萩原朔太郎の『純情小曲集』などから受ける詩的感動を現代詩に要求して読む場合が多い。実は読者の意識と作者の意識の落差が現代詩をより難解にしている場合が多いのである。

ここに掲げた秋谷豊の「読書」は決して、戦後詩の中では難解な作品ではない。むしろ、平易な抒情詩である。

彼は戦前、雑誌「四季」の影響の下に文学的出発をした詩人であるけれども、そこには「四季」の詩人たちが持たなかった思考的、論理的なものが、メタフォア（暗喩）の中に溶解されて、意識の深部、深層意識といった人間の心の最も深い部分に繋がって、散文では到達しえないものを、感覚でなしに、形而上的に表現しようとしている。――つまり、「四季」的な伝統的抒情に立ちながら、そこに思想性や、社会的な広がりを融合させて、新しい抒情詩の形態を創造しようとした詩人たちの中の一人が秋谷豊なのである。

†「灯をつけるように」

さて、作品は一連十六行、あえて段落を立てない一見平面的な構成によるように見える詩篇であるが、子細に読めば、緻密に計算された複雑で巧妙な構成の作品であることがわかる。秋谷豊という詩人は戦後詩人の中では感情の領域も広く、高度の技法を駆使することも可能な詩人なのである。

まず、この詩は最初の二行、「書物を開くと／ぼくらの中に遠い世界がひろがる」によって、はじめから主題の意味が明示される。読書は常に人を遠い未知の国々や時代に誘いいれる。これは普遍的なものでであろう。

その二行を受けて詩は突然、破滅の黒い予感におののく暗喩「乾いた幹を飢えた稲妻がたおすとき／こんな不安な夜の中で／ひとはたがいの存在をたしかめ合う」と、意表をついて、作者の心象が深部から表白されるのである。

この二行から三行目への展開はこの詩に強い屈折を与えて、詩を陰影深いものにしている。こうした飛躍と関連の技法は、彼の戦時中のモダニズムへの接近とその摂取の中から学び取ったものであり、それが、「四季」の後期の詩人たちのような、「単純な」といった方が適切なくらいの心情的告白を突き抜けて、彼らの果たしえなかった広い社会性をその作品の主題とすることを成功させたのである。

六行目の「灯（ひ）をつけるように」の一行は文脈の上から見れば、次の「ひとはお前の開かれたところへ来て／静かな休息をみいだす」に直接かかると解するのが妥当であろう。

しかし、もう少し詳細に読むならば必ずしもそれだけではなく、「灯をつけるように」のこの一行は五行目の「ひとはたがいの存在をたしかめ合う」の倒叙（とうじょ）であり、八行目の「静かな休息をみいだす」の修飾句でもある。

つまり「乾いた幹を飢えた稲妻がたおすとき／こんな不安な夜の中で／ひとはたがいの存在をたしかめ合う」という三行と、「ひとはお前の開かれたところへ来て／静かな休息をみいだす／やさしい祈りや愛をみいだす／その一つは世界のひとびとにつづく／すべての知恵のしるし」という五行をより緊密に結びつけるために置かれたものであり、前半の黒い予感の暗喩と、後半の思考的、観念的なものを融合して、一つの心象を認識を通じて抒情するものである。これらの詩句は、かつての「四季」的なものを思わせながらも、たとえば津村信（のぶ）夫（お）や田中冬二（ふゆじ）の抒情詩にない人間の心の深部を映し出しているのである。

この詩の十二行目、「お前のかなしみにひかる声……」という詩句は極めて美しい詩句である。「お前のかなしみにひかる声」とは、知恵の悲しみなのである。

†焼土と化した首都の夏の記憶

十六行目の「強烈な夏の日」という言葉によって導き出される戦後の荒廃と飢餓（きが）の日々にも、炎天のように苦しい辛酸（しんさん）の人生の日々にも、書物の世界に慰められ、思想を育てて生きてきたのだという。これは、戦争下に青春を過ごし、戦後を生きてきた知識人共通の精神史であろう。

事実、彼は昭和十八年、学徒兵として第二次世界大戦に従軍、戦争末期の東京大空襲下では一将校として海軍省に勤務、首都の焼亡を自分の眼で確認している。

このように戦火の中に生きてきた者にとっては、昭和二十年前後の首都の被爆地の夏がどんなに強烈な印象としてその残像を今に残しているか思い起こせよう。

果てしないセピア色の焼土の中に崩れかけたビルがところどころ瘴気（しょうき）を籠（こ）めて黒い影を作り、蒼鉛（そうえん）色に灼（や）けた空のもと、荒廃の地上には、雑草のみが徒（いたず）らに丈（たけ）高く繁茂し、人々は飢えて幽鬼のように歩んでいた夏を、そして、いちばん生きがたい時期であったあの夏を人々は忘れることはないであろう。

この終わりの短い三行、即ち「燃える叢（くさむら）をよこぎって／ひとが昼間ずっとあるいてきた／強烈な夏の日の思想とともに」は、単に眼に映る自然に人生嗟嘆（さたん）を見ようとする伝統的な詩人たちのそれではない。あの激しい、痛恨に満ちた夏の記憶を忘れることのない者だけが知っている夏なのである。

蛇足めくが、右の三行の終句「……思想とともに」には省略法が用いられている。ここは、〈……あるいてきた強烈な夏の日の思想とともに、お前による人生の慰めを忘れることは不可能なのだ〉という意なのである。

秋谷豊の詩が今日広い読者層に迎えられることは、この知識人共通の感動の領域にその文学が築かれているからなのである。読了して、辛酸の日々を生きて、なおも現在、破滅の黒い予感におののきながら、書物の中に神に当たるものを求める現代の知識人の情熱が鮮烈に浮かびあがるのである。

（『詩神の魅惑』昭四七 1972）

14 吉本隆明 (1924–2012)

佃渡(つくだわた)しで

佃渡しで娘がいつた
〈水がきれいね　夏に行つた海岸のように〉
そんなことはない　みてみな
繋(つな)がれた河蒸気(かわじょうき)のとものところに
芥(あくた)がたまつて揺れてるのがみえるだろう
ずつと昔からそうだつた
〈これからは娘に聴えぬ胸のなかでいう〉
水は黙(くろ)くてあまり流れない　氷雨(ひさめ)の空の下で
おおきな下水道のようにくねつているのは老齢期の河のしるしだ

この河の入りくんだ掘割（ほりわり）のあいだに
ひとつの街がありそこで住んでいた
蟹（かに）はまだ生きていてそれをとりに行つた
そして泥沼に足をふみこんで泳いだ

佃渡しで娘がいつた
〈あの鳥はなに?〉
〈かもめだよ〉
〈ちがうあの黒い方の鳥よ〉
あれは鳶（とび）だろう
むかしもそれはいた
流れてくる鼠（ねずみ）の死骸や魚の綿腹（わた）を
ついばむためにかもめの仲間で舞つていた
〈これからさきは娘にきこえぬ胸のなかでいう〉
水に囲まれた生活というのは
いつでもちよつとした砦（とりで）のような感じで

夢のなかで掘割はいつもあらわれる
橋という橋は何のためにあつたか？
少年が欄干(らんかん)に手をかけ身をのりだして
悲しみがあれば流すためにあつた

〈あれが住吉(すみよし)神社だ
佃(つくだ)祭りをやるところだ
あれが小学校　ちいさいだろう〉
これからさきは娘に云(い)えぬ
昔の街はちいさくみえる
掌(て)のひらの感情と頭脳と生命の線のあいだの窪(くぼ)みにはいつて
しまうように
すべての距離がちいさくみえる
すべての思想とおなじように
あの昔遠かつた距離がちぢまつてみえる
わたしが生きてきた道を

娘の手をとり　いま氷雨(ひさめ)にぬれながら
いつさんに通りすぎる

（『模写と鏡』昭三九 1964・一二）

†郷土望景

『吉本隆明全著作集』1（昭四三・一二、勁草書房刊）の川上春雄の「解題」によれば、右の詩は昭和三十九年（推定）の作品であるという。未発表のまま『模写と鏡』（昭三九・一二、春秋社刊）に収められた。

とある夏の終わり、というよりももう陽射しは秋の色だった。私は竣工したばかりの佃大橋を渡って佃島に向かって歩いていた。この詩のようにやはり汚れた鷗が海岸に舞っていたが、海の匂いはしなかった。佃島の街並は明るい陽射しの中なのに、なぜか仄暗い。この江戸以来の埋立地は疲れ果てているからであろうか。実は私は、その日、樋口一葉の旧居のあった下谷竜泉寺町、向島の長命寺や、牛島神社など古い下町を廻って佃島に来たのだった。私の廻った街並はみな疲れ果てていた。汚れていた。現にその町々には人々が生活し、日常が常に変わらず存在しているにもかかわらず、その荒廃は覆い難かった。

「佃渡しで」の一篇を再読した瞬間、あの夏の風景が詩句の中から鮮烈に蘇った。長命寺の、幕末・明治の漢詩人で随筆家の成島柳北の肖像を刻んだ石碑は、みすぼらしく埃にまみれていた。川風は死臭を運んできた。あれから、私は佃島へ渡ったのだ。なぜ？……見たものは、この隆明の詩の一篇と同じ原情景であった。

この「佃渡しで」は平滑だが、極めて抒情的な詩である。この一篇を最初に読了した折、私はほとんど自然に、鮎川信夫（あゆかわのぶお）の連作詩「小さなマリと」を思い出した。詩人は誰しも、一度はこうした詩を書こうと意図するものであろうか。青春が終わって、次の人生が始まろうとする短い休憩の時間に、詩人はその安息の中に生きている自分の姿を抒情しようとするのか。「佃渡しで」は、そんな人生の一刻の彼自身の情感を自然な流露にまかせたような詩である。詩集『固有時（こゆうじ）との対話』（昭二七・八、私家版）、エッセイ「マチウ書試論」（『芸術的抵抗と挫折』昭三四、未来社刊）の詩人吉本隆明の、自然の秩序の中への回帰を思わせる詩なのである。

隆明自身はこの詩の自作解説ともいえる「佃（つくだ）んべえ」（筆者注、佃島製の上質べえ独楽（ごま）を詩人自身が上記のように呼んだ）という小文の中で、

……二度目にいったのは縁者の急病のためだったが、このときは娘と二人だけだった。すでに佃大橋（つくだおおはし）もできかかり、掘割（ほりわり）は埋立てがすすんでおり、舗装路が貫通し、少年のころ住んでいた家のあとも、ひとつは完全に消失していた。もうおれは、用件以外の雰囲気をこ

めてこの街へ来まいとおもった。すでにそれは都市の膨化(ぼうか)に追いたてられ、やむをえず改装され、ペンキをぬりかえられる場末の安キャバレーににていた。木下杢太郎(もくたろう)よ、パンの会（引用注、隅田川(すみだがわ)をパリのセーヌ川に見立てて杢太郎ら芸術家（詩人・画家など）が集った談話会。「パン」は牧神のこと）よ、明治の大川端趣味(おおかわばたしゅみ)（引用注、大川端は隅田川の吾妻橋(あずまばし)下流の西岸をいう。江戸情緒が色濃く残っていた）よ、おれがこの風景にとどめを刺してやるとおもって、「佃渡し(ママ)」という詩をかいた。

（「佃んべえ」昭四一・二「小原流挿花」二月号所載）

失われた原情景への愛情がこの詩のモチーフであることは、右の小文で明らかである。その愛情がこの詩を抒情的にしていることは確かなのである。この詩の抒情の核となったものは、彼自身の詩の理論に反して、「四季」的なあの自然の秩序への回帰である。

夢のなかで掘割(ほりわり)はいつもあらわれる
橋という橋は何のためにあつたか？
少年が欄干(らんかん)に手をかけ身をのりだして
悲しみがあれば流すためにあつた

という詩句から、読む者は小野十三郎の『大海辺』（昭一二・一、弘文社刊）よりも、室生犀星の「小景異情」（『抒情小曲集』大七・九、感情詩社刊）に近い情感を連想させられる。一枚の絵画のような詩的映像、その映像と詩人の心情との対話、吉本隆明の抒情の原質が、昭和十年代の抒情詩にいかに深く影響されていたことか。木下杢太郎の『食後の唄』（大八・一二、アララギ発行所刊）の耽美主義的世界に「佃渡しで」はとどめを刺した。しかし、隆明は自己の直前の時代の詩と方法にとどめを刺すことはできなかった。またそれゆえに、おそらく保守的な美意識の持ち主である、文学一般の読者に、隆明の思想とは別な意味での詩的共感を呼び起こす詩になるであろう。いってみればこれは隆明の「郷土望景詩」（萩原朔太郎の詩の題名）の一篇なのだった。

†立原道造の詩の摂取

あはれな　僕の魂よ
おそい秋の午后には　行くがいい
建築と建築とが　さびしい影を曳（ひ）いてゐる
人どほりのすくない　裏道を

雲鳥を高く飛ばせてゐる
落葉をかなしく舞はせてゐる
あの郷愁の歌の心のままに　僕よ
おまへは　限りなくつつましくあるがいい
おまへが　友を呼ばうと　拒まうと
おまへは　永久孤独に　飢ゑてゐるであらう
行くがいい　けふの落日のときまで

すくなかつたいくつもの風景たちが
おまへの歩みを　ささへるであらう
おまへは　そして　自分を護りながら泣くであらう

（立原道造「晩秋」昭一三・一「文芸」一月号）

この立原道造の十四行詩「晩秋」は彼の「風信子叢書」の作品群（詩集『萱草に寄す』『暁と夕の詩』『優しき歌』）の中に入っていない、いわば彼の詩の中では比較的目立たぬ作品である。

しかし、この十四行詩には立原特有のあの甘ったるい愛の調べがない。

「晩秋」の第一連の詩句は、薄墨色の都会のビルの谷間を歩む折に、日常の時間の空白の切れ目に忍び込んでくる情感を容易に追体験させる。

日本橋橘町生まれの立原は、ほとんどその学生時代から短い晩年まで、あの東京の中心地の高い建築物の谷間の仄暗い小路を歩くことがその日常で多かったに違いない。立原の詩はいつも薄明の中にだけあった。

吉本隆明の『固有時との対話』の詩句は明らかに右の立原の十四行詩に触発されたと思われる。

建築は風が立つたとき揺動（えうどう）するやうに思はれた　その影はいくつもの素材に分離しながら濃淡をひいた　建築の内部には錘鉛（すいえん）を垂らした空洞があり　そこを過ぎてゆく時間はいちやうに暗かつた
わたしたちは建築にまつはる時間を　まるで巨大な石工（いしく）の掌（てのひら）を視（み）るやうに驚嘆した果てしないものの形態と黙示とをたしかに感ずるのだつた

〈風よ〉

風よ　おまへだけは……
わたしたちが感じたすべてのものを留繫(りうけい)してゐた
（『固有時との対話』部分）

立原の「晩秋」の第一連の詩句は隆明的に解体され、隆明的に再構成されている。隆明は立原が歌って見せた抒情を、より微細に自己の心情で記述しているといえる。

幼年の日の孤独がいまはどのやうな形態によつて立ち現はれるかを　あたかも建築と建築のあひだにふと意外にしづかな路上や　その果ての樹列を見つけ出して街々のなかの暗い谷間を感じたりすることがあるように(ママ)　もしかしてわたしのあの幼い日の孤独が意外な寂(しづ)けさで立ち現はれるのを願つてゐたのだ
（『固有時との対話』部分）

この詩語の用法の中に、いくつかの立原的用法を指摘することは容易である。しかし、そういう指摘の中から隆明の立原摂取を云々(うんぬん)することは愚かしい。この詩句は立原の「晩秋」と隆明の心情との和音の中から成立している。それはあたかも、立原がレナウやリルケや、象徴派詩人の北村初雄（はつお）の詩句から立原流の本歌取りによる替歌（パロディ）が立原の詩を構成しているように、吉本隆明の『固有時との対話』は隆明風の本歌取りであった。

隆明の最初の詩的体験が、ヴァレリイ、あるいはマラルメでなくて、立原道造であったところで、詩人吉本隆明にとっては不名誉ということではあるまい。

したがって、白川正芳（しらかわまさよし）の「固有時の発見—吉本隆明の方法」（「南北」昭四三・一〇、『吉本隆明論』〈昭四六・一、永井出版企画刊〉採録）の

> さて、「固有時との対話」では、渇（かわ）きは倦怠（けんたい）につつまれ、ゆるやかなリズムにのって表明されている。しかし、きわめて直截（ちょくせつ）な用語と驚くべき自在な詩法でそれは表現されている。
>
> ……（中略）……
>
> すでにボードレールの倦怠を体験しているわれわれはもはや倦怠のなかにのみ自らの存在をおくことはできないのである。充実したもののうさのなかにひたりきることはできない。ひとつの虚構を——自身についての或（あ）る虚構をわれわれは存在自体から要求されているといえるから。

吉本の場合は倦怠のむこうにまず悔恨（かいこん）がある。

という隆明の詩への賞讃に直ちに共感することはできない。『固有時との対話』の詩語のリズムは立原のそれに比較した時、より非音楽的である。この散文詩スタイルの記述はその詩型ゆえに、当然、彼の詩心を触発した立原の十四行詩よりも、その詩語と詩語の結びつきにおいても緊密さを欠くことになる。もちろん隆明の本歌取りはそのことを十分過ぎるほど明晰に意識しているはずである。

隆明が『固有時との対話』において、この詩型を用いなかったならば、それは昭和十年当時、立原の詩の魅力に憑かれてその詩を模倣した多くの無名の青年詩人たちの作品と類似してしまうであろう。ここで白川のいう「きわめて直截な用語と驚くべき自在な詩法」という言葉は、隆明の詩心を触発させた立原道造にこそ与えられるべき言葉である。

従来の数多い吉本隆明論は多くはその思想についてのみ語られ過ぎている。それらの作家論が精緻であっても、作品論としての詩論に見るべきものが乏しい。白川正芳の作品論はその中の稀少なものの一つなのではあるが、隆明の詩を視る以前に日本の詩を見る広い視野に欠けている。詩人吉本隆明の作品に感動したその新鮮な詩的共感というべきものは、文学一般の読者の詩的感動と同質のものである。吉本隆明論は常に詩人としての隆明よりも、思想家としての隆明論にとどまる場合が多い。

〈風は何処(どこ)からきたか?〉
何処からといふ不器用な問ひのなかには　わたしたちの悔恨(くわいこん)が跡をひいてゐた
…………………………
…………………………
〈風よ〉
風よ　おまへだけは…………
わたしたちが感じたすべてのものを留繋(りうけい)してゐた
…………………………
…………………………
〈わたしの遇(あ)ひにゆくものたちよ
　それは忘却をまねきよせないためにすべて過去の方に在らねばならない〉
…………………………
…………………………
物の影はすべてうしろがはに倒れ去る　わたしは知つてゐる　知つてゐる　影はどこへ

ゆくか　たくさんの光をはじいているフランシス水車のやうに影はどこへ自らを持ち運ぶか

…………………………

…………………………

〈愛するひとたちよ〉

わたしが自らの閉ぢられた寂寥（せきれう）を時のほうへ投げつけるとき　わたしを愛することをやめてしまふのか

右に引用した『固有時との対話』の詩句がいかに立原の詩法に、あるいは立原の日記・ノオトの文体、語彙に酷似していることか（「……」は中略を示す）。

しかし、この指摘は『固有時との対話』の直接的評価ではない。隆明の詩における立原の投影がこの時点でまだ色濃く、その詩語と詩法に見られることをいいたいのである。

†生命の終焉を強制される時代の中で

昭和三十年代に隆明（たかあき）はいくつかの文芸時評を書いている。現時点でそれらを読み返してみても、十分面白い。――というよりも文学の本質についての批評家隆明の犀利（さいり）な眼を感ずる。

この批評家吉本隆明から「四季」的体験を読み取ることは不可能である。「四季」の詩の享受について隆明自身が、少年隆明の文学的アプローチにすぎなかったといっていることは、思想家・批評家隆明としては確かに正しい。

隆明がその少年時代に「四季」の詩に魅かれた、いわば「四季」体験について、彼は『四季』派との関係」（『吉本隆明全著作集』6、昭四五・六、勁草書房刊）というエッセイの中で詳述している。隆明は戦後間もなく「四季」の抒情詩と訣別した。その訣別した時点で、詩人吉本隆明が出現する。

少年隆明が「四季」の詩に魅かれた要因について自ら分析しているが、それは昭和十年代後半のごく普遍的な詩的共感以上でも以下でもない。

ここで、冒頭に引用した「佃渡しで」という一篇をもう一度読み返してほしい。佃島は隆明を幼年期に育てた土地である。そして、そこには東京の下町的な要素がその頃にも濃厚に残っていたであろう。要するに隆明もまた立原道造と同じく東京の下町的気圏に囲繞されて生い立っているということである。その点でこの時代の「四季」体験を有する少年たちの誰よりも、立原の詩の秘密というようなものを無自覚ながら、極めて直感的に把握していたとしても不思議ではあるまい。

立原の年少の友人だった野村英夫や日塔聰は山の手生まれの山の手育ちの詩人である。体質的にはむしろ、津村信夫に近い文学志望の青年たちだった。三好達治、伊東静雄、丸山薫、神保光太郎らは地方出身者であった。殊に伊東には九州の、神保には東北の固有の土着的感覚がその精神の核にある。

これらの抒情詩人の中で、吉本少年が立原に最も魅かれたということには、その幼年の精神を形成した風土の親近性が考えられよう。

感覚というものは、幼年期から少年期の生活体験がその領域を決定的なものにする。隆明には野村英夫や日塔聰らに見えない立原が見えていたに違いない。そういう感情の同じような振幅が最も感受性の強い少年期の終わりから青年期にかけて、隆明の文学の形成に決定的な影響をもたらしている。「エリアンの手記と詩」（昭和二十一年から二十二年の間に執筆、未発表のまま『抒情の論理』〈昭三四・六、未来社刊〉に収録〈『吉本隆明全著作集』1、解題〉）は、この少年時の詩的体験の所産にほかならぬ。

立原の詩に隆明は青春を見たのであった。立原の夭折はいわば内なるものからの夭折であったが、隆明の青春は外なるものからその生命の終焉を強制される時代の中にあった。少年隆明にとって――というより同時代の少年たちにとっては、その青春は完結しない形において中断されたまま終焉する運命にあった。

「エリアンの手記と詩」はそうした自己を含めた同世代の青春への挽歌であった。

この運命を甘受せねばならぬものが、その運命と全く関わりない詩人たちの手になる愛国詩に詩的共感を持つことは不可能であった。しかし、その愛国詩を除いて、隆明の前には、「四季」の抒情詩の他にありうる文学はもはや存在しなかった。

そして、隆明が見たものはあくまでも夭折者としての立原道造の詩であって、共同体へと急傾斜する晩年の立原ではない。つまり、立原の夭折によって終わった所から、隆明は出発している。それは立原が果たせず、そして立原の内部に混迷のままに残された文学的課題を引き継ぐことであった。

その意味では同時代の「四季」体験者の誰よりも隆明こそ、「四季」に限定せず、昭和抒情詩の課題を担うべき詩人であった。芥川龍之介、堀辰雄、立原道造に続く詩の課題に吉本を置くことは、多くの文学史家に暴論といわれるかもしれぬ。しかし、隆明の詩の抒情の原点となったものは、まぎれもなく立原において示された青春の歌であった。

†詩の抒情性の回復

「エリアンの手記と詩」はまぎれもなく立原の詩的散文、特に「生涯の歌」「間奏曲」の模倣である。それはいわゆる「四季」派の詩の模倣ではない。「四季」派的なものから立原の文学を抽出することで、もう一度、隆明は立原の詩的感動を「エリアンの手記と詩」という詩的散文で追体験を実験したものである。「エリアンの手記と詩」の中で、隆明は徹底的にあの佃島周辺の風土を抹殺した。立原がその詩から日本橋や浜町河岸を抹殺したように――。

「エリアンの手記と詩」、『固有時との対話』は隆明の立原体験の実験に過ぎぬ。それは現代詩に何ほどのものも新しく創造しえていない。しかし、『固有時との対話』および「エリアンの手記と詩」を収録した『抒情の論理』は多数の若い読者に深い詩的共感を与えている。それは「荒地グループ」の詩と青春が歌い尽くされた直後の時間であった。谷川俊太郎、大岡信、川崎洋らの新しい詩人たちによる青春の抒情が展開される時期と軌を一にする。

谷川の詩の明るい無思想性、無邪気な抒情詩に共鳴しなかった若い読者は、『固有時との対話』を『吉本隆明詩集』によって読み、「エリアンの手記と詩」を『抒情の論理』によって読んでいた。その読者たちは吉本隆明のこれらの詩に、彼の思想を見ず、自己の青春を投影させようとしていた。

谷川俊太郎の十四行詩の明るさは、立原がそのどの詩の中にも持ちえなかった生への肯定がある。しかし、隆明は『固有時との対話』で谷川のような無邪気な生の肯定を容認しなかった。立原が晩年、激しく自己へ問いかけたと同じように、隆明はこの連作の中で、繰り返し自己に問いかけることで、自己の生を確認しようとしている。読者にとって、その隆明の姿勢が魅力であった。

しかし、私家版の『固有時との対話』が刊行された直後には、広い読者に読まれることはなかった。それはユリイカ版、思潮社版の『吉本隆明詩集』によって読まれたところに、この詩集の刊行時点と読者の共感との間に落差があることを示している。

隆明が『固有時との対話』の一冊を刊行した時、彼自身はそうした青春の抒情に自ら終止符を打っていた。『転位のための十篇』（昭二八・九、私家版）を読めば、それ以前の詩は彼にとって習作に過ぎないことが分かる。

鉄鎖（てつさ）のなかにきた五月よ
ちがつた方向からしづかな風をよこしてゐる五月よ
ぼくは強（し）ひられた路上に　ぼくの影があゆむのを知つてゐる

星のうた　落下のうた　夕べの風のうた
ぼくはぼくの仲間たちに何を告げよう
かれらのゆく路（みち）にかれらの草が騒いでゐる
希望をとりかへにぼくをおとづれようとするな

いつもある者は死にあるものは生きてゐる
つまりいつさいの狡智(かうち)の繁栄するところで
さびしげなことをしようとするな

鉄鎖につながれた五月よ
おもたい積載量をのせてめぐつてきた地球のうへの季節よ
草と蟲(むし)と花々のうへに
陽が照り　影が転移する
ぼくはむすうの訣別(けつべつ)をそのうへに流す

（「一九五二年五月の悲歌」第八連末尾〜第十連）

一九五二年五月、つまり昭和二十七年五月に歴史はわれわれの前にどのような事件を用意していたかを思い出すがいい。いわゆる「血のメーデー事件」（サンフランシスコ講和条約発効後最初のメーデーで、デモ隊の一部と警官隊が皇居前広場で衝突した事件）を契機に、戦後の政治的前衛運動はこの五月を境に急速に退潮する。「……五月の悲歌」は隆明の時代への挽歌(ばんか)であった。そして、同時にこの詩をそうした歴史的背景なしに読んでゆけば、あの立原の連作詩「優しき歌」や「風に寄せて」に対する訣別の辞とも読める。一九五二年の五月、その時、青春の中にあった知識層の青年たちは、自己の時代の斃死を痛感せざるをえなかった。時代は画然とこの事件を機に転換していった。

隆明はその時代の終焉を抒情をこめて歌い上げた。そのとき「四季」体験者の隆明は、真に新しき世代の抒情詩人として登場した。立原が「コギト」の共同体への参加を熱望したように、隆明は近代への時流に激しい挑戦の姿勢をとった。立原の晩年における政治参加への関心は、隆明においては立原の対極にある場を得ることになった。これによってはじめて立原離脱の自覚を持ったのである。

『転位のための十篇』という一つの大主題に支えられたこの連作によって、隆明は自己の詩を真に確立したといえる。

ここで最も留意せねばならぬことは、隆明の詩はここで習作の詩法を全く放棄して、昭和前期の、あるいは戦後民主主義文学の最盛期の社会派の詩法を継承しなかったことだ。隆明は立原の詩と美学を否定しても、その詩語とその詩法が創造した現代語の音楽性までを否定はしていない。むしろ、その現代語の音楽性を立原の意図の延長線上に積極的に試みることによって、社会派系、主知派系の詩人たちにはなかった新しい抒情詩の音楽を創造しようとしたとも思える。詩史における隆明の詩の意義はむしろここにある。

ぼくはでてゆく
冬の圧力の真（ま）むかうへ
ひとりつきりで耐（た）え（ママ）られないから
たくさんのひとと手をつなぐといふのは嘘だから
ひとりつきりで抗争できないから
たくさんのひとと手をつなぐといふのは卑怯（ひけふ）だから
ぼくはでてゆく
すべての時刻がむかうかはに加担しても
ぼくたちがしはらつたものを
ずつと以前のぶんまでとりかへすために
すでにいらなくなつたものはそれを思ひしらせるために
ちひさなやさしい群よ
みんなは思ひ出のひとつひとつだ
ぼくはでてゆく

（「ちひさな群への挨拶」第二連前半）

この現代語による新しい詩語は、戦後詩にもう一度、詩の抒情を回復させる。隆明は同じ畳句(ルフラン)を繰り返しながら、その繰り返しの中から、ゆるやかなそれでいて熾烈(しれつ)な情念を、極めて音楽的に歌い上げる。詩語の律動的な昂揚(こうよう)は、その抒情の支柱となる。立原の死とともに終わった現代語による韻律の調べは『転位のための十篇』の中で再生した。この薄い私家版の小詩集が以後の文学史の中で重要なのは、実にこの視点からでなくてはならない。

隆明の詩が戦後の〝民主主義派〟（この詩史的な呼称について私は多分に疑問に思っている）の詩にほとんどその詩法を影響されなかったのは、彼の詩的体験がそれらの詩人と全く異質な地点で形成されているからである。

†芥川・堀・立原・吉本

しかし、『転位のための十篇』以後の隆明(たかあき)の詩は、立原(たちはら)の詩の創造の過程とは対照的なものである。立原の場合、詩は常に詩そのものであって、立原の置かれた日常の身辺的な心情とは切断されている。隆明の場合はその詩の発想は立原の場合よりも、伊東静雄(しずお)のそれに近い。隆明は立原風の新古今(しんこきん)的な題詠(だいえい)的詩法などむしろ嫌悪(けんお)しているに違いない。

すべての距離がちいさくみえる

すべての思想とおなじように
あの昔遠かつた距離がちぢまつてみえる
わたしが生きてきた道を
娘の手をとり　いま氷雨（ひさめ）にぬれながら
いつさんに通りすぎる

（「佃渡しで」）

という詩句が決して題詠であるはずがない。

いま、『吉本隆明全著作集』1（定本詩集）の全篇を改めて読了して、この詩人のいわゆる政治的な詩が、時代に風化していることに対して、その抒情的な詩がいかにも詩の生命を新鮮に持続していることを感じた。

『新撰讃美歌』と植木枝盛編の『自由詞林』以来、それは詩の持つ宿命のようなものである。芥川の文学を意志してその対極を求めていった堀辰雄、その堀の文学の、またかげでもあった立原の詩、この三点を結ぶ円環の中にいま、吉本隆明の詩を加えて考えれば、この完結した円環は切断され、たちどころに新しい方向に向かって始動する。そして、それは、自ずと、中野重治の詩にも間接的な接点を生じる。

詩人吉本隆明とは何か。この問いは、ここで改めて、芥川、堀、立原の系譜に吉本を加えて問いなおされねばならないのである。

そして
わたしの少女たちは
わたしの知らぬ物語のなかで母親になつて
かえつてきた
わたしの知らぬ少女たちの時間と
少女たちの知らぬわたしの時間が
くらい戦いのつづき物語だ
わたしはそれを読もうとする
わたしはそれを読むまいとする
あの　グツド・オールド・デイズ〈なつかしく
やさしかつた　日々よ〉

（「日没」第五連）

これは隆明の詩の最も美しい抒情的な詩句の一つである。芥川、堀、立原の手の届かなかった、むしろ、立原においては故意に避けようとした世界はいま隆明の詩の中にある。

立原道造のマイナー・ポエットであった野村英夫（ひでお）、日塔聰（にっとうさとし）にはついに達しえなかった詩の世界であった。この時、この少女像は、あの立原のエリーザベトとも、野村の「司祭館（しさいかん）」の中の少女像とも異なる、全く新しい姿で、隆明の抒情詩の中に立ち現われる。

（「吉本隆明論──その抒情的原質」『詩神の魅惑』昭四七 1972）

小川和佑近現代詩関係著作目録

『評論集 詩人の魂』地球社、一九六〇年一一月
『日本象徴詩論序説』光風館、一九六三年一〇月
『立原道造研究』審美社、一九六九年五月
『「四季」とその詩人』有精堂選書、有精堂出版、一九六九年一二月
『三好達治研究』国文社、一九七〇年一〇月
『昭和抒情詩研究 立原道造　考証と詩論』右文書院、一九七一年一〇月
『優しき歌 立原道造の詩と青春』現代教養文庫、社会思想社、一九七一年九月
『三好達治の世界』潮新書、潮出版社、一九七二年二月
『立原道造論』五月書房、一九七二年五月
『詩の妖精たちはいま』潮出版社、一九七二年一〇月
『詩神の魅惑』第三文明社、一九七二年一〇月
『堀辰雄』三交社、一九七三年八月
『三島由紀夫少年詩』潮出版社、一九七三年九月
『伊東静雄論』五月書房、一九七三年一一月
『堀辰雄』（函無）三交社、一九七四年一月

『堀辰雄（増補版）』逝水選書、三交社、一九七四年一一月
『立原道造 忘れがたみ』文京書房、一九七五年三月
『昭和文学論考』三交社、一九七五年四月
『現代詩 土着と原質』以文選書、教育出版センター、一九七六年五月
『リトルマガジン発掘 文学史の水平線』笠間選書、笠間書院、一九七六年八月
『三好達治研究（増補改訂版）』研究叢書、教育出版センター、一九七六年一〇月
『立原道造研究』文京書房、一九七七年三月
『昭和文学の一側面 詩的饗宴者の文学』明治書院、一九七七年一二月
『文学アルバム立原道造―愛の手紙』毎日新聞社、一九七八年五月
『評伝堀辰雄』ロッコウブックス、六興出版、一九七八年六月
『美しい村を求めて―新・軽井沢文学散歩』読売新聞社、一九七八年八月
『立原道造の世界』講談社文庫、講談社、一九七八年一〇月
『文壇資料 軽井沢』講談社、一九八〇年二月
『伊東静雄』講談社現代新書、講談社、一九八〇年七月
『文明開化の詩』叢文社、一九八〇年一〇月
『現代の詩〔一〕』ジュニア版目で見る日本の詩歌11、ティービーエス・ブリタニカ、一九八二年四月
『伊東静雄論考』叢文社、一九八三年三月
『立原道造 忘れがたみ』旺文社文庫、旺文社、一九八三年三月

『中村真一郎とその時代』林道舎、一九八三年一一月
『堀辰雄 その愛と死』旺文社文庫、旺文社、一九八四年一月
『堀辰雄―作家の境涯―』人文叢書、丘書房、一九八六年四月
『詩の状況・詩の現在―現代詩はいかにして読まれたか』丘書房、一九八七年四月
『立原道造 詩の演技者』林道舎、一九八八年二月
『三島由紀夫少年詩（新装版）』冬樹社、一九九一年四月
『戦後文学の回想 小説家・詩人・評論家交遊録』竹林館、二〇一三年四月

【編著・共著】
『野村英夫全集』国文社、一九六九年一二月（書誌一覧・参考文献目録総覧・年譜・解題）〔小海永二、遠藤周作、中村真一郎、小山正孝共著〕
『戦後詩大系』全4冊、三一書房、一九七〇―一九七一年〔嶋岡晨、大野順一共編〕
『近代詩集1』日本近代文学大系53、角川書店、一九七二年一一月（注釈）〔笹淵友一解説、注釈は他に新間進一、古川清彦、山路峯男、乙骨明夫、佐藤勝〕
『講座・日本現代詩史』全4冊、右文書院、一九七三年（日本現代詩史年表、昭和前期詩誌解題、戦後の抒情詩）〔村野四郎他編〕
『近代詩 昭和編』現代国語研究シリーズ3（『国語展望』別冊 no.5）、尚学図書、一九七三〔三好行雄、山本捨三、恩田逸夫、中井清、那珂太郎、飛高隆夫、北川透、鈴木亨、佐藤昭夫共著〕
『日本抒情詩集』全4冊、潮文庫、潮出版社、一九七四年八月

『中原中也研究』以文選書、教育出版センター、一九七五年六月
『現代詩の教え方』教え方双書、右文書院、一九七五年五月〔工藤信彦共編〕
『立原道造詩集』明治書院、一九八六年六月
『現代詩の教え方（新装版）』教え方双書、右文書院、一九九二年四月〔工藤信彦共編〕

詩作品および詩人の文章の出典一覧（＊は初出または初版等に依拠したことを示す）

【萩原朔太郎】『萩原朔太郎全集（補訂版）』第一巻、第十巻、筑摩書房、一九八六、一九八七

【三好達治】＊「測量船」「雪」＝『測量船』第一書房、一九三〇・一二
その他＝『三好達治全集』第一巻、第二巻、筑摩書房、一九六四、一九六五

【堀辰雄】＊「天使たちが……………」＝「驢馬」第9号、一九二七・二
その他＝『堀辰雄全集』第一巻、第三巻、筑摩書房、一九七七

【立原道造】『立原道造全集』全五巻、筑摩書房、二〇〇六〜二〇一〇

【伊東静雄】桑原武夫編『定本伊東静雄全集』人文書院、一九七一

【逸見猶吉】菊地康雄編『定本逸見猶吉詩集』思潮社、一九六六

【津村信夫】『津村信夫全集』第一巻、第三巻、角川書店、一九七四

【能美九末夫】＊「四季」第13号（昭和十年十二月号）、一九三五・一一

【野村英夫】『野村英夫全集』国文社、一九六九

【大木惇夫】＊『海原にありて歌へる』アジヤ・ラヤ出版部、一九四二・一一

【大木実】『大木実詩集』現代詩文庫、思潮社、一九八九
＊「故郷」＝『現代詩集』（現代日本文学全集89）、筑摩書房、一九七五
【鮎川信夫】『鮎川信夫全集』第一巻、思潮社、一九八九
【秋谷豊】『秋谷豊詩集』日本現代詩文庫、土曜美術社、一九八九
【吉本隆明】『吉本隆明全著作集』1、5、勁草書房、一九六八、一九七〇

＊

【柳沢健】小野孝尚編著『柳沢健全詩集』木犀社、一九七五
【佐藤春夫】『佐藤春夫全集』第一巻〈詩・短歌・俳句〉、講談社、一九六六
【北園克衛】藤富保男編『北園克衛全詩集』沖積舎、一九九二
【神保光太郎】『神保光太郎全詩集』審美社、一九六五
【田中克己】『田中克己詩集』潮流社、一九九六

編者あとがき

萩原朔太郎以後、近現代詩は散文とは異なる詩固有のことばの世界を打ち立てた。それは日本の詩歌史の大きな果実である。しかし、そのことばの世界は難解で容易には近づきがたい。本書『詩の読み方―小川和佑近現代詩史』は、そのような近現代詩への格好な水先案内となる小川和佑の文章を、鑑賞書のスタイルに改めて一書としたものである。

日本近代文学研究者・文芸評論家の小川和佑は、詩を中心とする日本近代文学の書誌的研究、および桜をめぐる日本人の精神史についての研究で知られる。しかし、小川の研究の原点は詩・小説の創作と、第二次世界大戦から戦後へという時代を生きた痛みにあった。

昭和二十年（一九四五）に小川は十五歳であった。絶望的な戦況の中、やがて確実に来る徴兵までの時間を、「青年になるために残されていた残り少ない時間を期限つきで与えられていたに過ぎない」（「一九四五年という夏―わが私的回想のなかで―」『わが一九四五年―青春の記録1―』現代教養文庫、昭五〇、社会思想社刊）と意識した少年の心は、堀辰雄『風立ちぬ』（昭一二・六、新潮社刊）が描いた〈死と生〉に強く共鳴した。

昭和二十年に、建設業を営んでいた養父母を相次いで病で失った少年は、いきなり敗戦後の社会に無防備のまま投げ出された。経済的窮迫に苦しみ、日々生きることに精一杯であった生活の中で少年が唯一の拠(よ)りどころとしたのは、三好達治(みよしたつじ)、立原道造(たちはらみちぞう)、伊東静雄(いとうしずお)らの詩の世界であった。やがて詩作を始めた少年は、戦中には「国家」に、戦後には変わり身の早い大人たちに翻弄(ほんろう)されながら生きることへの苛立(いらだ)ちと憤りを次のように表現した。

橋に就ての断片(フラグマン)

橋。人は誰でも渡つてくる、
古い橋。
たとへばセーヌの流れに架けられた橋。
マロニエの木陰(こかげ)。

×

橋。馴(な)れ合ひの演技
すべてが愚劣と情慾(じやうよく)を満たし
己(おの)れの不在を証(あか)す橋。

×

動物の匂ひのする微笑を
唇のあたりに漂はせ、
僕の中に僕を見る狡猾(かうくわつ)な不信。

×

橋。行き所のない長さが僕を走らせる、
落ちれば鉛色の海がある。
架空と言ふ存在がこの橋の長さになる。
落下する人間の橋
人間の上に架けられた橋。
背信と不安に僕は虚栄を唱(うた)ふ
僕はなにを考へるのか、
一体僕はなにを為(な)すのか。
橋。マロニエと青空の脚下に拡がる海！
行き所のない長さ
群狼(ぐんらう)の一匹に僕を変へて

あの十月の空を見る
出鱈目(でたらめ)や偽瞞(ぎまん)の祈りを風にして
ああ！　橋。
今日も滄浪(さうらう)として
固い敷石を鳴らして走り抜ける橋。

×

真実らしい説明、
ながつたらしい講演
最後までの偽瞞。
己(おの)れの不在を何に変貌させたのか
脱走してゆく人間の跫音(あしおと)を残す
輝いた空。
橋。美しさの崩れ落ちる追積。
人間の渡る崩壊の橋。
それでも僕は真新しい汚辱(おじよく)と悔恨(くわいこん)に、
声をあげて虚栄を歌ふ。

それ以外になにがある
この橋上に立つて！

×

行き所がない、
僕の指呼（しこ）する存在がない、
働（ママ）の目の前にある血まみれのガーゼ
地球の橋上を伏（は）ひ廻（まは）る僕よ、
人間たちよ、
僕を揺（ゆさ）ぶる不信の橋。
僕を走らせる架空の存在に架る橋。

（一九四八・一〇・一三）
（昭二四 1949・一「駿台文学」第3号）

小川は十代から二十代にかけて詩と小説を書き続け、二冊の詩集も出版した（『魚服記』昭三六・六、地球社刊、『渇く空』昭三七・五、私家版）。しかし、三十代からは、近代日本における、詩固有のことばの創造のための試行錯誤の歴史を、私家版の詩集や小グループの同人詩誌まででも広く視野に収めて、記述することに関心を移していった。それは自分自身の文学的志向を、歴史の中で位置づける試みでもあったであろう。

『三好達治研究（増補改訂版）』（昭五一、教育出版センター刊）、『立原道造研究』（昭五二、文京書房刊）、『伊東静雄論考』（昭五八、叢文社刊）のような、詳細な書誌を伴う大部な作家研究の形で結実していったその研究は、創作者として培った感性による作品の読解と、戦中・戦後の激動期に立ち会った者の鋭い問題意識に常に支えられている。

＊　＊

平成二十六年（二〇一四）九月二十日、小川和佑は逝去した。享年八十四。本書の編者は、小川がどのようにして研究の道に進んでいったかを知るべく、逝去後まもない時期より、初期の著作の収集に努めた。

現在では入手困難な本も含む初期の著作を読み進めてゆく中で、編者は小川の作品解説によって、難解な近現代詩のことばの論理の豊かさや、歴史に埋もれてしまった詩人たちの作品の魅力を教えられた。栃木県の公立高等学校の教員としてその職歴を出発させ、難解な近現代詩を教材として高校生に教えるために苦心を重ねた小川の作品解説は、あくまでも論理的で明快である。また、戦争下の作品や、戦争の影の濃厚な戦後の作品を多く取りあげた小川の文章は、激動の時代を生きた詩人たちの貴重な記録ともなっていた。

編者は、近現代詩に関心を持ちながらもなかなか近づけずにいる読者、時代との関わりの中で近現代詩をさらに読み深めたいと思う読者に向けて、初期の著作を中心に小川の文章を一冊にまとめることを企画した。それは、小川和佑という研究者の核心にある、最もやわらかな部分を示すことでもある。

再構成に当たっては、現在の時点で読み味わえる鑑賞書とするために、編者は以下のように原著の本文に大きく手を入れた。

・鑑賞書のスタイルにするために、中心となる詩をすべて冒頭に掲げる形式とした。この変更を加えたために生じた文章の矛盾を加筆訂正した。

・引用された詩作品や詩人の文章については、「詩作品および詩人の文章の出典一覧」に示したような信頼できる本文に依拠した（ただし、解説文の論旨から、初出や初版等の本文がふさわしい場合には、それらを挙げた）。また、その本文が初出や初版と大きく異なる場合には、異同を注（詩作品末尾の「＊」）に書き加えた。その他の引用文についても、可能な限り原典に当たり、誤りを訂正した（なお、「＊」には原著からのものもある）。

・引用された詩作品やその他の引用文の漢字表記は原則として新字体とし、難解な漢字については振り仮名を施し、（ ）で囲んだ。（ ）で囲まれていない振り仮名は原文のものである。

・引用された詩作品やその他の引用文中の難解なことばについては、新たに注記した。

・今日から見て、歴史的事実や文学史的事実に誤りがある場合には、加筆訂正した。
・鑑賞書として不要な部分は削除し、また今日ではわかりにくいところは整理した。
・表記、送り仮名などを統一し、人名・地名や難解な漢字には振り仮名を施した。

本書の本文の、原著の本文と違っている箇所はすべて編者の責任によるものである。

同じ日本文学を研究する者として、亡父小川和佑と最初で最後の共同作業の機会を賜った笠間書院社長池田圭子氏、本書を担当してくださった編集長の橋本孝氏に心より謝意を表したい。笠間書院は、詩の戦後史を証言する『リトル・マガジン発掘　文学史の水平線』の出版に全面的なご支援を賜るなど、亡父にゆかり深い出版社である。

詩作品と詩人の文章の本文確認には内村文紀氏の助力を得た。本書のカットは小川奈那子による。

平成二十七年四月二十九日　亡父生誕八十五年の日に

小川靖彦

●著者紹介

小川和佑（おがわ・かずすけ）

日本近代文学研究者、文芸評論家

昭和5年（1930）―平成26年（2014）。東京生まれ。栃木県宇都宮市出身。明治大学専門部文芸科卒業。栃木県公立高等学校教諭、昭和女子大学短期学部助教授を経て、文筆に専念。長く明治大学文学部兼任講師も務めた。若き日に詩誌「地球」同人。元文藝家協会会員。日本近現代詩を中心に、堀辰雄、中村真一郎、三島由紀夫、高橋和巳ら作家についても研究。また、桜の文学史・文化史（『桜の文学史』文春新書など）をはじめ、時代小説、東京学、刀剣などに関する評論多数。

詩の読み方――小川和佑近現代詩史

2015年9月20日　初版第1刷発行

著者　小川和佑

装幀　笠間書院装幀室

発行者　池田圭子

発行所　有限会社 **笠間書院**

東京都千代田区猿楽町2-2-3［〒101-0064］

NDC分類911.08　電話 03-3295-1331　FAX 03-3294-0996

ISBN978-4-305-707780-2　組版：ステラ　印刷／製本：大日本印刷

出版目録は上記住所またはinfo@kasamashoin.co.jp まで。